浮生著甚苦奔忙　盛席華筵終散場
悲喜千般同幻渺　古今一夢盡荒唐
漫言紅袖啼痕重　更有情癡抱恨長
字字看來皆是血　十年辛苦不尋常

現代文學 36

林楓歎

雨季 著

博客思出版社

阡陌紅塵

已不知這是入春後的第幾場雨季了，望著遠處山明水秀之地，忽然覺得世間更加的沉寂，萬物也更加的生機。

許多年前，喜歡席慕蓉的詩。那時候總會期待，在開滿梔子花的山頭裏與某個有緣人，可以有一段清澈而別致的相遇。也許後來真的有了，也許真的攜手走過紅塵陌路。直到某一天，我們又孤獨到將彼此忘記。

人生最害怕的莫過於熟悉後的陌生、認真後的痛苦、信任後的利用、溫柔後的冷淡。

流年日深，許多事情皆以模糊不清，我們總說，在沒有遇見你的日子裡，過得雖是有些平淡，但卻寧靜安好。

於是，我們會在淺色的光陰裡，寬容地珍惜，珍惜那段錯失的時光，珍惜那個過往的陌人。看世事蒼茫之浩蕩，願人間萬物之生靈，皆可以隨遇而安。

借一絲秋風清逸，披一件淡雅素衣，飲一杯雨前清茶，漫步於落花庭下。這時節，方才想起：「儂今葬花人笑癡，他年葬儂知是誰？」的悲懷。

南柯一夢，俯首皆空。執手擱筆之時，也才知曉紅塵中的往事，這期間曾哭過、笑過、努力過、奮鬥過，後便將苦中往事隱於心中，正所謂：「萬事皆收腹腔內，一切盡在不言中。」

繁華而又浮躁的生活，往往會使人們在旅途中迷失自我，還記得那句：「你那麼的隨眾，該有多平凡。」是啊，人的一生不能就這麼輕易地隨波逐流，不能只是為了活著而簡單地活著，我們每個人都很平凡，卻可以過得不平凡些來。

人們常說：「開談不說紅樓夢，讀盡詩書也枉然。」可是真正能讀懂的又有幾人？也正如《紅樓夢》中所說的「滿紙荒唐言，一把辛酸淚。都云作者癡，誰解其中味。」

既然這麼喜歡《紅樓夢》中的紅塵往事，就以「阡陌紅塵」為題，一如當年那段情深的開始。

也許有過去
也許只有
在回憶裡才能再見你

紅塵如泥
而我在最深的紅塵裡
與你相遇
又在風輕雲淡的光陰下
匆匆別離

也許我還是我
也許你還是你
也許有一天
在亂世的紅塵裡
還可以聞到彼此的呼吸

那時候
我答應你
在最煙火的人間沉迷
並且
再也不輕易說分離

林楓歎 ━ 目錄

第一回　林中楓挽歎世權　枉入紅塵若許年

有詩曰：

前世枉材若許年，聚如春夢散如煙。
石歸山下無靈氣，縱使能言亦枉然。

列位看官可還記否，三十年事，見書於三十年後。且說生今之人，述今之事，又何苦為古中枉事。你且莫急，空聞大師曾曰在先：「凡古中之事者，皆為後人蓋爾。看其身世坎坷，思其體膚空乏，雖是苦於心志，唯有一美中不足，方為後人歎息。」

如今之事，雖是道盡了辛酸，卻不知這其中的原委，後又見其帝欲珠彰爾，方述此書。又因代遠年湮，遺留之法漸至失傳，方此無從考察。

且看當日，女媧因補天煉石之說，留有一石。那石卻因天資愚鈍，終日抱怨。雖已自通靈性，卻因無才堪選，日夜哀歎。

這日，那靈石忽見一仙株草，長得眉彎似柳，清目俊朗，宛如楞伽山人，又道東陽誰瘦。卻不知這仙草，因甘露愁海，早已修為實體。

那石雖是初次相見，卻有似曾相識之感覺，想必也曾經歷過一些非常之事，以故細看時，竟改變了原來的模樣。這石卻張開了口，問道：「卻不知仙子從何而來，又不知經歷過什麼風流辛酸之事，弟子蠢物，可否告知，以解這紅塵往事。」

仙株草聽後，癡笑了起來：「雖不是些風流辛酸之事，但細說起來，皆起因於一顧之緣，若不是在那花柳繁華地、溫柔富貴鄉，也不曾有這等紅塵之事。如今我且將其告之，但這事情的原委，恐不能細則。唯有一張氏族表譜存留於世，乃羊山公以下。」那石聽了，自然很高興。

只見那日，兩者談了許久，竟不知晝夜。

後又幾日，那靈石借助大師仙道，大施幻境，鬥轉星移，來到了羊山公下。只見這氏普族系表上寫道：「深慮代遠年湮，所有祖宗遺留之規矩禮法漸至失傳，湮沒無聞，乃發起修譜。宗弟應鐸等實為贊之，乃追溯羊山公以下、存世系表，墳墓圖以及冠婚喪祭名儀注敘述一遍。雖不能成為信使，而使後人知其來由，自以繼往古而來開也，亦不過禮失而求諸野雲。」

這邊又道：「飲水思源，愛恩圖報而況始遷之祖，其墳墓所在，雖代遠年湮鞠為茂草，而報本追遠思，豈有既哉，況又有數道面具存留於世！吾鄉，那氏葉赫嫡派，本性，那拉……。」

那靈石看後，仔細斟酌起來，雖是與自己的風塵之事，十分相像，卻不知這數道面具竟為何故，後便問起：「為今之人只有一副面具，如何又多說幾道面具來。」仙株草回道：「須知喜怒威福，十萬副面具也不過一道銅具也。然則生今之世，做今之人，真面目如何行得去呢！須看真面目者，其身歷坎坷，不一而足。而虛之面目者，則多以貪圖為樂、富貴之榮，尋常歌妓之中，轉窺傾慕之列，雖是已有面具存留於世，亦不過視為虛物，卻也不知這喜怒威福道為何爾。」

那石聽了，雖是一知半解，卻歎息道：「世間難容莫貪歡，薄命憐卿甘作嫌。你道是，風花憶夢驚春過，借酒澆愁淚帶鼾。可所謂，風塵僕僕違心願，恨天願比時隔難，又何須，三春過後盡芳顏，理鬢熏衣總堪憐。到頭來，莫問春去了無緣，林中楓婉歎世權。」

且看仙株草所述的故事。

話說太原本古冀州之地，東連燕豫，西界大河。北有雁關稱雄，南則波滋擾江。後又幾載，雖是北定其下，彰於繁華，卻有憂民擾居，禍亂事發，他日便有一起。

且說京師繁華之地，甲於天下。東城之隅，巷街莫道。相府內，三秋傳桂子，十月荷花香。遍地紫綺羅，盈耳絲竹響。雖與往常蕭疏了些許，卻依舊興榮非凡。

昔日，風回雲斷，雨湛初晴。柳眼愁梅腮，山枕椅斜欹。露珠吐新絲，鶯啼燕始舞。

這其間，有兩者相嬉於府中。忽爾，一陣微風吹過，萬條柳絲斜，花香入翩蝶。只見庭院內，灌木絲後聲，芷前正千秋。正道是：「雨露入甘枉為絲，花香引蝶圍園戲。柳絮偏隨風飛舞，落花自遂水中泣。」

一日，正當二人玩瑜之時，忽從府中傳來一聲：「熙老爺到。」後又有這熙老爺繞過明殿，經過二廊庭院，與一府斯匆匆忙忙朝正堂走來，卻不知是為何事。

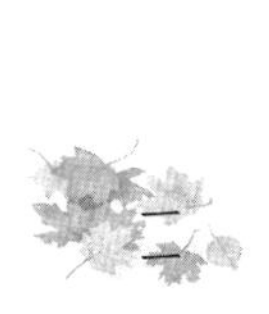

第二回　百里哭蘇孔懸廟　悲事卻道真是妙

有詩曰：

燕雀臨池話語喧，蜂柔蝶嫩總堪憐。
雖是異數同飛鳥，貴賤高低非一斑。

原來這熙老爺是為那些日子的「蘇州哭廟」一案而來。

昔日，自軍入關以來，便時有憂民擾居。話說當日蘇州吳縣新任知府任蒿蘖為了完成徵稅要務，竟不恤民情，動起了武力，把不按時交稅的民眾拉到縣衙打了個板子釘，還鬧出了一樁人命。弄得是怨聲載道，罵聲滾滾。連素日裡同好的士紳都看不下去，更是激怒了蘇州城的讀書人。適聞先帝剛駕崩不久，卻鬧出這事，朝廷那邊也不好有所交代。只見這讀書人組織了百餘人，集體到孔廟哭訴痛斥任氏暴政。

明珠驚訝道：「竟有這事？適聞先帝剛駕崩不久，理應出殯哭喪，怎又鬧出這等亂事。」

熙老爺回道：「原來也就過去了，倒是激怒了蘇州城的百姓。那二日有百餘之眾集體到孔廟哭訴暴政，沿途一直哭到巡撫大堂。」

「這巡撫的朱步穗又是怎樣處理的？」

「孰是孰非倒可以慢慢處理，當務之急是驅散人群，防止群情失控，再鬧出些事端。這巡撫的一面下令逮捕知縣任蒿藥，一面悍然出兵驅散人群，捉拿了十幾名領頭的讀書人。應理說這巡撫的還算處理的妥當，一來逮捕的知縣可以平息民憤，二來捉拿領頭的十幾名讀書人則顯示了朝廷不允許群眾隨便鬧事的態度。」

明珠聽到此處，卻道：「此事不應化了，又為何說多說的一處。」

「不然，不然，你且聽我說完。俗話說拿人容易定罪難，那新任的知府之所以對群眾動武也是為了完成朝廷下達的徵稅任務。況且先帝駕崩後，新帝連發聖諭，督促各省儘快徵稅，上交朝廷。這樣一來任蒿藥倒成了忠於職守的部將，朝廷若要知道朱步穗懲治了這樣賣力的部將，試想會怎樣？既然不能懲治任蒿藥，那就只好懲治鬧事的人了，這鬧事的乃是讀書人。讀書人是為了抗擊暴政，伸張正義，倘若懲治了他們，恐怕事情會更加難料，所以只得另做文章了。

這朱步穗倒好，卻將哭訴廟案定為抗稅謀反案，還上報了朝廷。但是將案件定性為反叛朝廷必須得有證據，怎麼才為最妥？且說這蘇州有一位名叫金世蓓的人。單從其名就可道些一二來，金可買萬物，也可斷萬物。故又道萬世蓓，皆有萬事完備之意，又有違背之名。

此人雖名氣大，卻多是一些不德之事。塑性不端，離經叛道，是蘇州城出了名的混混。

他曾參加過幾次科舉考試，不但辱罵考題，還罵主考官。據說有一次明明考上了，卻不去報到，接著又考，這不是分明在蔑視朝廷？於是朱步穗便把目標鎖定到了金世蓓的身上。

但是金世蓓沒有參加哭訴廟事，那日卻在家中，也不知鬧出這等亂事，怎樣會這個問題？這朱步穗倒是強令參加鬧事的讀書人誣告整個事件是金世蓓指使的，意圖造反。讀書人一看是金世蓓，原本素日裡就對金世蓓懷恨在心，今日倒可以借此機會，將往昔的怨恨一併釋發出來。於是一樁反叛罪就這麼坐實了。結果，沒想到的是，金世蓓居然被處死了，而且死得比竇娥還要冤些。」

且說金世蓓死後的當日，就有一首話歌傳了下來，把事情的原委述了一遍，雖隱去了內含，卻道盡了悲歡，竟不知誰云，只道：

今日哭蘇百里廟，事兒原委真難料。
悲事卻道真是妙，日後誰敢出來鬧？（藏頭詩，金世蓓，真是悲）
諸事原本這般了，不料反被你們擾。
雖說禍事一套套，治國還須看今朝。（藏頭詩，朱步穗）
人人皆說天朝好，我道世間亂糟糟。
傜役賦稅反被盜，你道好笑不好笑。（藏頭詩，任萵藥）

話說這位熙老爺乃不是外人，竟與明珠有同族根系之源。

據這氏普族表記載道：「原這熙老爺與葛格曾為鳳城葉赫古人。且說這葛格人雖長得漂亮，卻有臭頭之稱呼。當下，葛格在早年時些，因家境貧寒，其母又身患重病，無奈之下，便將葛格送與他人收養。且說這收養的，倒不是別人，與熙老爺有同祖之源。後又因假借事故，方將葛格送與宮殿之中，誰知那葛格卻因禍得福，如魚得水，在宮中得了一職務，那熙老爺也因其家族同系之源，得到了晉升。」

這邊，二者正談之時，卻有一府斯傳來午飯之聲。原來這熙老爺來明府之時已是晌午，匆忙之中竟不知忘記了什麼。

只見這熙老爺說道：「原本之日已有內府大臣相邀，只是途徑相府，又因先帝出殯，接二連三之事一再發生。況在朝中多日未見大人，想必也是為了那一門子事，將自己關了起來，倒是圖了個清靜。如今我且前往，道個明白，也好就此了結此事。」

明珠回道：「不妥，不妥。你我原本舊相識，又為同根之源，豈能這般見外。只因近日身子稍有不適，適才閉門幾天。不料卻又鬧出這等人命荒唐之事，而今新帝登基，繼承龍業，倒也無話可說。只是這新帝登基，必將親離黨羽，內置府郎，雖這幾日圖了個清淨，想必也會很快召入朝中，商輔議事了。」

熙老爺一再推讓，見執意不過，便留了下來。兩人說著從正堂內府走出，朝繁怡齋走去。

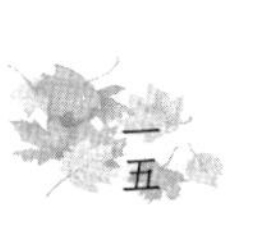

第三回　羹宴別日緒東風　花盞夢演錦官城

有詩曰：

參破紅塵事百端，綺羅厭俗世同嫌。
青燈古殿人將至，洗淨泥土酬世緣。

只見二人繞過三間套房後，由東北一側小門右拐來到馨覺苑。卻見這馨覺苑的兩邊皆是朱紅色的雕樑畫柱，而且年代已經久遠。單從字跡上可以隱隱約約看出，上面寫著：「落花本無情，世人皆新語」的字跡。下面還有一些年代之類的話語，皆已模糊不清了。

雖明珠與熙老爺早為舊相識，卻不知這明府近來有如此之變化。馨覺苑的府前有兩個丫鬟，喚名冬梅、雁葉。見明珠二者後，先是道了一下安，接著說道：「夫人和公子剛從馨覺苑朝繁怡齋走去，因見內府有客，便不必打擾，只好先去作罷。」

「也罷，也罷」，二者說笑著，從馨覺苑走出，穿過閣香園，左拐，朝繁怡齋走去。

原來這馨覺苑乃容若之母，英親王阿濟格女、愛新覺羅氏的住處。雖與內府僅一牆之隔，旁邊倒有一個側門與之相通。冬梅與雁葉為馨覺苑、羅母身邊新來的兩個丫鬟。昔日裡因明慧到來，便將原配丫鬟春鶯，外加兩個嬤嬤，給了明慧。

且說明慧乃明珠外房其親舒祿之女，雖與容若相差不大，卻因其母早年落下病根，後又脾胃氣虛、重病加疾。雖有其方曰：「人參一錢、白術二錢、茯苓一錢、炙甘草五分、薑片又三、青棗一枚、加水二杯、煎至一杯、飯前溫服。」仍無濟於事，唯有一女，堪篤世賢，後因放心不下，方乃前些日子，寄於府上。後便有詩云：

莫把瓊花比淡妝，誰似白霓裳。別樣清幽，自然風格，莫進東隅牆。
冰肌玉骨與天齊，兼付與淒涼。可憐遙夜，冷煙如月，疏影滿橫窗。

這邊，明珠二人剛到繁怡齋，就有府斯前去稟報：「老爺和熙老爺來了。」話音剛落，已有容若、閻夫人等人前來迎接。

這熙老爺剛進齋內，早有容若之母羅氏、祗夫人、李蓉、何濯，等人等候。一一道緒後，方才引座。

只見明珠正坐，羅氏偏左。熙老爺右一，卻一再推讓，明珠說道：「你原本就該坐，況今日你貴尊為客，又有同根之源，豈有不妥之理，且坐無妨。」羅氏等人也一再勸說，這熙老爺這才引了座。容若、李蓉、明慧等人也都就了坐。容若左二，李蓉右二，明慧左三，後又幾位，閻夫人、祗夫人，以及同日裡讀書的何濯等人也一併入了坐。

時下，已有飯菜擺在桌上，乃前菜六品，每道菜皆被珍紫色的銅蓋相蓋，上有詩條，只見：

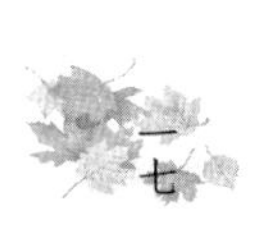

二月早春聳雲天，龍鼎豐源遮半邊。
戲苑早鵲爭瑞年，珠嶺柏松逐歲寒。（藏頭詩，二龍戲珠）
竹嶺柏松逐歲寒，雀聲流麗燕飛歡。
登堂赤匾正高懸，梅香入蝶引後院。（藏頭詩，竹雀登梅）
鷳香入蝶引後院，鳥自白塔斜青山，
箏含古韻妙音傳，舞蝶翩飛繞牡丹。（藏頭詩，鷳鳥箏舞）
五蝶翩飛繞牡丹，穀鳥隨風拓平川。
豐台草吟福壽全，登門去客風正旋。（藏頭詩，五穀豐登）
登門去客風正旋，舟水作歡巨浪翻。
踏遍青山妙曲彈，萃花猶記夢新篇。（藏頭詩，登舟踏萃）
璀花猶記夢新篇，祥雲立馬斜陽關。
雙蝶翩舞足蹁躚，飛入塵世莫人間。（藏頭詩，璀祥雙飛）

後經羅母，閻夫人等人的道明，方才知道這前菜六品皆以詩藏云，並順次相接，其名分別為：二龍戲珠，竹雀登梅，鷳鳥箏舞，五穀豐登，登舟踏萃，璀祥雙飛。

只見眾者食下三分之時，已有幾位嬤嬤前來，將其撤下，又有丫鬟們先後端上餑餑四品、膳湯一品、禦菜三品。其間寂然安靜，曾不聞有一話一咳之聲。身旁也早有丫鬟們立於案邊，拂塵、漱盂、香茗等。

這熙老爺見明珠在朝中雖貴為權相，但明府多為書香之地，如今皆以詩藏云，又見容若、明慧等人甚是聰慧，不由得一時興起，乃以詩對云曰：

東陽繡天五蝶叢，珠星壁月彩雲中。
花枝繞裡燭枝紅，羹宴別日緒東風。

便以此為名曰：五彩花羹。眾人聽罷，皆道：「甚好，甚好」。時下又有一人對了一首，只見：

傾坐東風百媚生，萬歌笑語迎相逢。
花盞照妝攜春聲，夢中龍眼錦官城。

這對詩的乃何濯，與容若同歲，又以詩著稱。其菜名為：花盞龍眼，乃餑餑四品中一。

這邊，容若則對曰：

東陵日暮漸思悠，千里佳期一夢休。
竹林風翠花冷月，卻說風波使人愁。

乃為餑餑中一：竹林風翠。後便有祗夫人、李蓉等人笑道：「我們雖不懂這詩禮藏香，

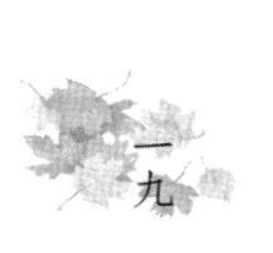

但這菜的名字倒還是可以說出來的。」於是餘人眾口，又有：鳳尾魚翅、紅梅珠香、龍呈鳳祥，乃禦菜三品。蜜餞青梅、蜜餞銀杏、蜜餞桂圓、蜜餞瓜條，乃四甜蜜餞。龍井竹蓀，乃膳湯一品。

食畢，又有丫鬟們前來拂塵、漱盂等。告別香茗乃為楊河春綠，只見那日裡，熙老爺從明府離去之時，已是下午。

後二日，果不其然，方有新帝召見明珠入朝議事。

第四回　風雲癡癲鬧學堂　冷眼須觀道愁旁

有詩云：

曾向花叢繞弄梅，宛如春筍露參差。
金釵欲溜輕撩鬢，寶鏡重臨淡掃眉。
雙秋扶送千索處，半日詩云又半吟。
綠窗獨撫絲桐悴，無限離歡道愁悲。

原自那日明珠被召入朝中之時，已有輔臣前去拜朝。卻說自軍入關以來，雖有憂民擾居而立。但隨著魯王監國和隆武政權的對立紛爭。又有其內部的黨爭，致使各派勢力之間勾心鬥角，相互傾軋，終致良機。使得清延得以憑藉有限的兵力各個擊破。

後由於對清朝苛稅的不滿，再加殘酷的鎮壓，奏銷案、通海案、哭廟案等案件接連而發。這新帝急忙召見群臣，想必也是為了那門子的事情而來。

這邊，正當容若、李蓉、何濯等人讀書之時，卻見一童廝闖進學堂，指著容若、何濯二人罵道：「你們等著，待會就有你們好果子吃的。」這鬧事的乃菡仲的書童荀蓉，話音剛落，便有菡仲等十幾來人闖了進來。

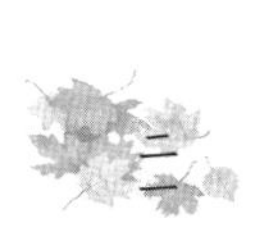

原來那日，容若、何濯二人趁明珠拜朝之時，外出閒逛。不料，卻碰到菡仲等人橫行霸道，挑釁少女，被容若、何濯二人撞個正著，因看不慣菡仲的行為，素日裡也有一些淵源，竟一時沖怒，跟菡仲鬧了起來，當日就弄得沸聲滾滾，後竟打了起來。受欺的百姓看到後，也仗著明府的勢力，跟著鬧了起來，將昔日裡的怨恨一併釋發了出，把菡仲痛打了一頓。直到官府衙役到來之時，方才止止住，時下便有人們當做一則新聞，四處宣傳。

這相府之間相互打鬧也就算了，沒想到巷街的百姓也跟著鬧了起來，一時轟動。卻把菡仲及其書童苟蓉等人打了個滾水球，還好沒等鬧出什麼人命官案。

卻說容若、何濯二人回府之時也是左一塊青斑，右一道傷疤的。當下，自明珠朝拜之時，恰有容若之母羅氏前去江陵，為其二舅家的平夫人奔喪。只見那日剛到江陵，已有天色陰晦，細雨紛紛，便多留了二日。又因這前去奔喪的多為婦人之道，平日裡也稀有往來，只帶了閤夫人，以及冬梅等幾個丫鬟。府中的事務，暫有祗夫人掌管著，財物、賬目之事則有素日裡雪珍之女玳萱掌管，這雪珍乃與容若之母同祖，後因府案牽連，便將玳萱暫寄於明府，時年八歲，這會也有十五來歲，掌管明府賬目之務。其他人等的日需用要則可以直接由膳府處領取，不必有過多素問。

再說容若之母從江陵回來之時，已是臨冬。原本菡仲、容若、何濯之間的打鬧也就過去了，沒想到今日這菡仲卻找上了門來。

教書的乃董諫，一看是兩下勢力都惹不起的，但事情一旦傳出去，自己也不好交代，如今沒能看管好容若、何濯二人，自己也有罪過，卻讓他們鬧出這等事情。便急忙勸說道：「公子暫且息怒，如今我家公子鬧出這等事情，我也有不推之責，但事情已經過去，便只好為罷，且說銀兩之事，也不在話下，凡事都有個好商量。」

容若回道：「你只為他好，卻不知道他背後裡做了多少壞事。如今我只是替人伸冤，為人喊命，反倒被他鬧來鬧去，不就是仗著他舅舅家也是府相，整日裡橫行霸道。你且莫管，儘管讓他來，看他還能鬧出什麼明堂。」

何濯也罵道：「狗奴才，只為跟人耳，卻不知你家主人何許人也。」

這菡仲那裡受過這等窩囊氣，何濯區區一個隨童，不也仗著明府的勢力，出來鬧罵。雖說這何濯明則在罵自己的書童苟蓉，實則也是在罵自己。再加上那日裡在巷街鬧出的事情，更是怨恨在心，便回道：「你是何人，如今也敢管我的事情。」說著又命令闖進府中的那十幾個府廝朝著書堂砸去，又有幾人與容若、何濯等書堂裡的他人打鬧了起來。

董諫一看情況不妙，急忙阻勸，卻為時已晚。時下，菡仲闖進明府之時，已有府廝前去稟報。後又有李蓉等人從書堂側旁一併溜出，穿過前亭正廊大聲喊道：「不好了，不好了，這菡仲帶著人來鬧事了。」一時間消息傳遍整個逸軒閣。

只見明府的眾廝到來之後，也跟著鬧了起來。這邊，直到容若之母羅母、閣夫人、春鶯

等人到來之時，方才止住，且書堂也早已亂的不成樣子。

再說這事情的原委，雖是菡仲仗著他舅舅的勢力，罪惡在先，理應也由衙廝懲辦，但先出來打鬧的卻是容若、何濯二人，當日便把菡仲、苟蓉等人打了個滾水球，豈有不治理之罪。

如今二者皆有罪過，又都仗著府相的勢力，也就不好治理。當下，容若之母聽聞此訊之時，早已命令一府廝前去通知明珠，不料卻被新帝聽聞，反遭大怒。

第五回　憂民擾居煙消盡　好妨元宵佳節時

有詩曰：

風際萍根鏡雲煙，傷心莫話此中緣。
冤禽銜石難填海，芳草牽情欲到天。
雲過荒台原是夢，舟尋古硐轉凝仙。
懊依樂府重歡唱，負卻冰絲舊時弦。

只見那府廝晉見明珠之時已是下午，把事情的原委給道了個明白。再說那日容若、何濯、菡仲等人在巷街的鬧罵，新帝也早有聽聞，如今又出來打鬧，豈有不治之理。雖說菡仲罪惡在先，容若、何濯二者也有不脫之系，又都仗著府相之權出來鬧事。但容若的父親為內務府相，菡仲舅舅又為開國元勳、四大輔臣之一。兩下勢力在朝中雖未道明，卻暗自裡相互對峙，懲辦了其中的一個，另一個必將集權獨大，到頭來反倒更是一種威脅。況且憂民擾居時常而發，但倘若不治理二者，則更是難以在朝中豎立群臣的權威，日後之事也勢必再發，如今只有另尋他謀。

且說明珠朝拜之時已有他日，今等又聞家中鬧出這等事情，當下便向新帝辭別。只見明珠說道：「适才幾日，朝中也無什事。如今在這禦茗苑中也已顧眷，只因今日聽聞家中鬧事，方才引去幾日，卻不知何如。」

新帝回道：「時下便好，但這事情的原委，定會細酌，誰是誰非，自然有個明白之理。」

卻說明珠告別後，方才引去。只見明珠辭去稍刻，便有一內務侍郎匆匆忙忙前來求見。

原自清軍入關之時，已有憂民擾居。朝廷也先後派兵出擊，但始終未能將其消滅。時下又命長伯等人將其剿滅，這急忙晉見的想必也是為了那門子事而來。

只見新帝方才引進，未見其人，卻聞門外喊道：「大喜啊！大喜啊！」。這喊話的內務侍郎，名曰：荀倖文，字常見，表字初一，已過而立之年，乃新帝的親信，近來之事也多為他謀。卻見這倖文引入朝後，說道：「俗話說『射人先射馬，擒賊先擒王』。如今據探子來報，這賊王已經被長伯給擒殺了，這樣一來，那擾亂的居民也就成了秋後的螞蚱，折騰不了幾日了。」

新帝聽後雖是甚喜，卻又見愁郁在心，說道：「雖這賊王已被擒殺，憂民擾居一事也可了卻，但朝中已有大權，明爭暗鬥，如今各自視我年小少謀，竟不放在眼裡。」倖文聽後卻不知為何，直到新帝一一道明後，方才知道原來是為近日容若、何濯、菡仲等人之事憂愁在心。

這倖文聽後，當下便說道：「臣倒有一方妙計卻不知何如。」新帝回道：「且說無妨。」

「如今容若、菡仲二人都仗著相府勢力鬧事，原委是由菡仲橫行霸道、調戲人家姑娘在先，如今容若、何濯二人是為人伸命、替人喊冤，倘若把這二者也懲治了，街上的百姓鬧起來，何為『公正』二字。

時下便是上元佳節，倒不如趁此機會，舉辦一次藏詩燈會。一來可以慶祝殘明政權的滅亡。若有不高興者，勢必與那明權有所間隙，日後還需提防。二來可以試其容若、菡仲等人的志向，有寫不好的，倒可以借此懲罰，只說『他日只見你們遊玩，卻不好好讀書，如今又都仗著自家的勢力鬧來鬧去。』這事情的原委自然也就怪到府相們的身上，只怪他們素日裡管教不嚴。這樣一來，日後便不會再有這等鬧事了。也可以趁此削弱一下府相勢力，做他日之打算。」

新帝聽後，說道：「甚好，只是還稍有不妥，倘若只讓容若、菡仲等人參與元宵燈會，則顯得太唐突，倒不如再讓往昔的幾位阿哥們以及府相的公子們也來參加，方可熱鬧熱鬧。」

侼文回道：「也好，這樣一來也可試試各位公子近日的學業。」

這邊，且說明珠到府之時，已是夜半，眾人皆已睡去，菡仲、荀蓉等人也早已離開。只有幾位門府的府廝打著燈籠，輕聲說道：「老爺回來了。」

話說明珠回府後二日，果有一童廝送來請帖，乃元宵藏詩燈會。

又幾日，方為元宵時節，時下早有羹宴擺置宮中禦祥苑內，又有侼文、阿瓴拉、明珠、

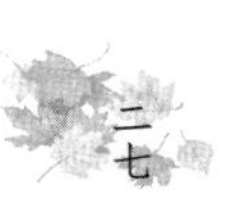

容若、菡仲等人相繼引座。

這邊，食畢過後，新帝方才喬身打扮，隨後，容若、菡仲、明珠、牛鈕、阿瓴拉等人也皆以喬身打扮，由佇文引領眾者到城外早已備好的元宵燈會：唐硯街。

只見眾者剛下馬車後不久，忽有二童廝皆以平民打扮，匆忙跑來，說道：「參見少爺，如今元宵燈會早已備好，只等……。」一邊說邊引領眾者朝瓊軒亭走去。

後方才知道原這瓊軒亭乃以詩句「寂寂花時閉院門，美人相並立瓊軒」為名。時下，唐硯街上也已熙熙攘攘的，只見上面掛滿了燈籠，其中一個寫道：

月下燈山滿帝都，寶車欲蓋隘通衢。
身閑不睹中興盛，羞逐鄉人寒衣姑。

後又幾處皆以「月色春風蕘花燈」為首的詩題，乃：

月色春風蕘花燈，雪映花梅伴月明。點點流瀅追韻耀，處處動心是霓紅。
月色春風蕘花燈，夜下闌珊笑語濃。千樹繁花追碧月，東郡聽曲載歌行。
月色春風蕘花燈，朦朧千鎖深彩逢。清輝幾度尋芳影，梅花翹首待春明。
月色春風蕘花燈，萬海燈火綠帶紅。單打銅鑼雙擊鼓。人山人海燭影重。
月色春風蕘花燈，街頭巷尾百卉紅。趣語識迷童叟城，誰人一笑論分明。

這邊卻說眾者到達瓊軒亭時，方才有熙老爺，蘭老爺等人前來拜見。

第六回　花前燈下無痕月　元宵燈會詩藏茫

有詞曰：

東流水，亦無期，何故當初道愁離。花前失卻遊春侶，林間戲蝶鶯擾居。
春未綠，鬢先絲，人間別後是相思。誰教歲歲花蓮夜，兩處沉吟各自知。

雖說菡仲、容若二人怨恨在心，但今日宮中之宴也未敢有所妄動，只得惟命是從。如今又要以詩藏謎，來考查近日的學業，卻有內疚在心。

這邊熙老爺、蘭老爺拜見新帝等人後，方才引領眾者入坐瓊軒亭。只見牛鈕左一、容若右二、富裕左二、阿瓴拉左三、菡仲右三。明珠等人則上坐瓊軒側旁的荇風樓處，當下便有幾位童廝端來香茗、蜜餞之類的茶果。

時下容若、菡仲等人，每人一張書台，且書台相隔數米有餘，乃青絲玉翠而制。內有圖案，為先帝時期的雙龍搶珠圖，後經其改，更其名為「通寶玲瓏」。

這「通寶玲瓏」圖為水晶玉制，口銜珠寶滴，全身呈現出瀅白狀，時有雲斑繞其珠旁，後便由青絲玉翠鋪綴而成。且內外透一，晶瑩亮麗。卻說各書臺上的圖案，龍姿各異，有或昂首升騰，有或四足行走。龍身全長約八十二公分，橫跨整個書台。

這時，忽有幾位丫鬟熏熏走來，端著紙、墨、筆、硯，放入各書台的左上方。後方告退之時，又有熙老爺、蘭老爺、俘文、尚部閹書倧莪四人先後拿出早已題好的詩題，順次放入容若等人的手中。

當下，經熙老爺一一道明後，乃知這早已題好的詩謎，雖不盡相同，但事情的原委卻是以瓊軒亭或元宵時節為題，每人按照上面的詩謎，另寫幾處詩云。

卻見這詩題依次為：「玉漏銀虬宴酒席」、「露浥降燭解語花」、「瓊軒亭處鬧燈市」、「唐硯芷街舞龍忙」、「詩云圓子喊元宵」、「燈下繞月月如銀」。且由俘文、倧莪、蘭老爺、熙老爺四人為巡考。

且說唐硯街那邊，皆已燈火通明、熙熙攘攘。唯獨瓊軒亭內，清靜了些許。況亭子的四周皆為水溪，唯有前面一處方可通入其中，週邊也早已掛滿燈火，上面有已題好的詩句，倒影於水中，宛如各輪明月。

稍刻，方有容若、菡仲、阿瓴拉等人作出的詩題。

且看容若以「瓊軒亭處鬧燈市」為題的詩詞〈瓊軒亭〉，只見：

蕙花香憐，雪映池館畫。春風初到，瓊軒亭處，一片笙簫，琉璃光射。而如今燈火皆掛，羞於暗塵明月。

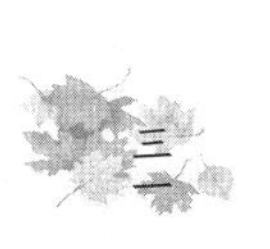

那時元夜，江城初更打。試問繁華，竟與天借。鈿車羅帕，街上歌舞。到頭來花燈鬧市，卻與惠兒爭耍。

眾人吟罷，皆說：「甚好。」後經熙老爺、蘭老爺二者解讀，乃知這《瓊軒亭》中的「蕙花香憐，雪映池館畫」為那時的景色，後便入夜，詩謎為：暗塵明月。

這邊又有阿瓴拉以「露浥降燭解語花」為題的詩詞〈解語花〉，只見：

露浥紅蓮燈相映，風消降燭解語花。
耿耿素女欲將下，纖雲莫莫桂流瓦。
千門如畫都將宴，暗塵鈿車隨羅帕。
滿路飄香衣淡雅，從蕭休道歌舞罷。

富裕則以「燈下繞月月如銀」為題的詩詞。由寅公當年的一首詩詞改寫而成，其名曰〈花落魂〉，只見：

有燈無月不誤人，有月無燈不算春。
春到人間人似玉，燈燒月下月如銀。
千層燈火燈明月，萬門正月正地屯。
人到世間人所似，花鎖春苞花落魂。

又有倩文以「唐硯芷街舞龍忙」為題的詩詞〈東隅玉月〉，只見：

東隅瓊軒漸飄香，唐硯芷街道人行。
把盞對月邀吳剛，玉兔閑得寒故光。
但聞人間沸聲響，燈海人潮舞龍忙。
昔日明月眾人訪，玉漏莫相暗陳倉。

慕青以「玉漏銀虬宴酒席」為題的詩詞〈十二樓月〉，只見：

玉漏銀虬瀉水滴，燈火盧明宴酒席。
寶馬鈿車始燕啼，飛入塵世莫人提。
四平街外疑星落，十二樓前似月低。
欲向天宮冷如月，誰道檀藥門玉疵。

後便有菡仲以「詩云圓子喊元宵」為題的一首打油詩〈喊元宵〉，只見：

詩吟圓子溯前朝，蒸化煮時水上漂。
漢龠泉宮祭祀令，沿街從此喊元宵。

眾人聽後，當下便癡笑不已，由熙、蘭二位老爺解讀後，方才知道，原來這菡仲所寫的〈喊元宵〉，為當年漢帝劉龠祭祀甘泉宮時，曾立下的規矩，把正月十五定為祭祀天神的先聲，此後便有了上元佳節。

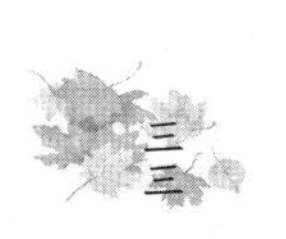

且說正當眾者癡笑之時，忽從瓊軒亭旁傳來喊鬧的聲響，卻不知是為何云。

第七回　一覺未覺夢酣處　卻是瘋癲癡鬧時

有詩曰：

風吹花落香未落，落花隨風香自若。

最道繁花香若處，卻是風蕭花落茎。

原來他日君王被殺之際，已有其餘黨引都入京，待伺時機，以擾亂京城，恢復明室。不料今日正當暗自招兵買馬之際，卻被一個讀書人發覺，將其揭發。當下便被餘黨痛打了一頓，如今又有眾人窮追不捨，鬧得這唐硯街亂攘攘的。

時下，街上的百姓卻不知是為何事，只見這書生已被打的五體淋血。眾者見後，因不忍心，欲將制止之時，卻見一官將，頭頂金龍二層，飾東珠五，上銜紅寶石，首碼舍林，後點金花，嵌綠松石一，餘皆衣裾四起，領著官兵，列出長長的隊伍，匆忙趕來。再說這餘黨一看到官役的到來，方才停止追打，但倘若事情一旦被暴露，也無他路可走，唯有混入人群之中，以待逃脫時機。卻不知這官將到來之時，早將唐硯街圍了個泄水不通。

這邊新帝、明珠、容若、阿瓴拉等人只看到唐硯街那邊被圍了起來，又列著長長的隊伍，傳來陣陣聲響，竟與往常有所不同，勢必有所事情發生。當下眾者還未明白是為何事，又有一身穿紫貂大衣，頭戴黑綢絨帽，上銜紅寶石，紅紗綢裡，中嵌東珠，玉帶鑲金版四片，且左右佩絛皆白帶，宛如白狐之羽，領後垂絲黃條的政王，帶著八旗士兵朝瓊軒亭疾步奔來。只見這政王到來後，將事情的原委給道了個明白，眾人聽時，皆驚訝不已。

當下，便有那官將將其餘黨抓了起來。一時間，鬧得街上的百姓也都緊張了起來，卻不知所措。後有侼文、倧茙等人護送新帝回朝。又有八旗將士將眾者送回相府時，已為夜半。

且說二日，已是早飯之時，卻在這繁怡齋內，未見容若其人，倒覺得有些蹊蹺。話說他日，都會有容若、明慧等人前來請安，今個倒是個例外。這羅母見其狀，便讓容若的奶媽榛嬤嬤以及雁葉二者前去道個究竟。

再說榛嬤嬤、雁葉二者剛到芙蓉閣內，就聽到屋子裡面有咳嗽和嘔吐的聲響，方才知道，原來是舊病復發，為容若早年時期落下的病根，而且每逢臨冬之際，時有發生。況昨日在唐硯街那邊又受了些風寒，於是便愈發了這病根。

當下榛嬤嬤便讓雁葉前去通知羅母等人，這榛嬤嬤進屋後，見狀不妙，又讓容若身邊的丫鬟雨萱前去自己的屋裡拿上幾粒早已配好的止咳淤血之類的藥丸。

卻說容若身邊的這二位丫鬟，則是由昔日裡羅母去江陵奔喪之時，收留綺夫人家的女兒。只因那日綺夫人適才歸去，夫者又多日逍遙在外，徒守酒色，終日不管不問。這羅母見其狀，當下愈發得可憐，又因二者長得乖巧，便收留了下來。

他日又見二者多為專一，便留在了容若的身邊。後又有容若以詩句「竹喧歸浣女，蓮動下漁舟」、「青青子衿，悠悠我心」為題，取其名為「雨萱」和「子衿」。當下二者年齡雖是與容若相差甚大，卻經常在一起相互打鬧，私下裡便以「容哥兒」相稱，且容若的衣食起居多為二者掌管。

這邊羅母、閤夫人、明慧、玳萱等人聽聞此訊後，迅速趕來。卻見容若跟變了個人似得，瘋瘋癲癲的，雖已被榛嬷嬷、子衿二者制止住。嘴裡卻一直說些瘋三癲四的話語，只見：

「他日的是非恩怨有可好處，如今這紅塵往事你卻不聞不問，只顧著他來。到頭來，反鬧出這等事情，且說這花柳繁華地、溫柔富貴鄉，還有何眷之由。」接著又說道：「原日裡也本該過去，只是還稍有不妥，方才鬧出這段事情。若要知道這真正的原委，恐須還要走上一遭。」

眾人聽後都不解其言，恐怕又是那病根鬧出瘋癲，也就過去了。當下便有羅母一把摟住了容若說道：「如今何有紅塵往事，只因你早年落下的這病根，才鬧出這等瘋癲，時下便會好的。」接著又讓容若服下幾粒雨萱從榛嬷嬷那裡取來的藥丸，稍刻又喝了用人參、鹿角煎熬的湯藥，方才止住容若的瘋癲，昏沉睡去。眾者見狀，便不必打擾，皆已退後。羅母因放心不下，便讓雁葉留了下來，與雨萱、子衿一併照看容若。

當夜明慧因見容若那般的瘋癲，卻又糾結在心，便讓春鶯熬了一碗燕藕千膳粥和龍須補

滋湯送到芙蓉閣內。私下裡又問雨萱「容若最近都吃些什麼，又去過那些地方，平日裡可曾吃過什麼藥沒……。」雨萱聽完後，一一應答。

正當明慧離去之時，又見玳萱打著燈籠從那邊走來。愈近時，方才有玳萱說道：「我還以為是誰呢，原來是明妹妹，這麼晚怎想起來這芙蓉閣了。」明慧聽罷，回道：「只因今日見容若這般的瘋癲，他日也未肯常來，便送來些滋補之類的粥湯。卻不知玳姐姐這麼晚來，原為何事？」這玳萱說道：「他日奉夫人之命，前來看看這芙蓉閣內還需什麼東西，爐火炕子是否皆已甚好。只因昨個剛從秦府回來，竟把這事情給忘了。今日又有夫人吩咐要將馨覺苑多餘的幾個爐炕子，搬到芙蓉閣內，以驅虛寒之用時，方才想起這事，便順便來看看。」只見二者離去之時已是深夜。

又二日，眾者見容若仍未有所好轉，雖有郎中已為診斷數日，卻依舊昏迷不止。時下裡，眾人皆慌忙起來。誰知這時，恰有一瘋癲和尚提著一壺酒，走到明府的門前，說了一些瘋癲話語。

第八回　石歸城下枉補天　瘋顛和尚道愁緣

有詞曰：

桃花羞作含情目，感謝東風，吹落嬌紅，飛入窗前伴懊儂。

誰憐辛苦最是處，也為春慵，不及芙蓉，一片幽情冷處濃。

卻見這瘋癲和尚說道：「東隅藏石，漏天補積。枉為偏材，世人皆語。雖為愚鈍，卻有無人問濟。他日鐘離，又道渾然一體。天惶惶，皇兒家中水茫茫。地蒼蒼，無須故問影幢幢。恐怕你家公子落下的這病根，是治不好了。」

當下便有門府的府廝轟道：「走、走，哪來的瘋癲和尚，竟在這兒胡說八道。」這瘋癲和尚一聽，反倒蹲在府旁的一側石像上，昏睡了過去。又有壺中的餘酒，皆已散落到地。直到府廝走近時，方才知道這瘋顛和尚，早已喝得冥冥大醉，於是便將這瘋癲和尚叫醒，並逐到了他處。

誰知這瘋癲和尚沒走多久，又胡亂說道：「雨滴空階小，無人換夕香。井梧花落盡，一半在銀床。世事皆難料，脂粉蛩麝香，不如化而歸去，東道正佛光。」

這時，恰有玳萱從那旁角門走出，隱隱約約中，聽到了那和尚的瘋語，愈方問時，卻見

那瘋癲和尚早已走遠。後經詢問門前的府廝，方才知道是一瘋顛和尚的胡亂話語。且這瘋和尚的來歷，素日裡的居處，一概無從查起。

時下就有玳萱愈發的新奇，又不知如何是好，況這瘋顛和尚怎會知道府上的事情。於是便有玳萱匆匆忙忙朝馨覺苑走去，向羅母稟告這一事情。只見這玳萱拜見羅母后，說道：「還以為夫人今個沒在府上呢，只因我這前腳還未踏出門府半步，就聽到一瘋癲和尚的胡亂話語，想必倒與少爺的病情有幾分的相似。後經詢問門前的府廝，也都未曾見過這瘋癲和尚，倒不知是何來頭？」

羅母回道：「竟有這事，且說昨夜我還夢到一癲頭和尚拿著一把摺扇，瘋瘋癲癲地說了一些鬼話，而且摺扇的上面還寫有字跡，隱約之中方可看到上面寫著：

玉床方丈向陽開，銅鎖千處殃疾來。
欲說西風休不止，卻聞嘻鳥籲滿塞。
重高妖霧閉連月，黑照蒸土愚石材。
央須朽株莫水淮。幾度曹扇道愁災。

後欲方細看時，卻被那癲頭和尚給折了過去，並那旁走遠，還說近日會有災難發生。卻不知這所謂的災難是為何故，沒想到今日就找上了門來。」二者正交談之際，忽聞雁葉氣喘噓噓地趕了過來，大聲喊道：「不好了，大事不好了，芙蓉閣內著火了。」

羅母和玳萱二者在屋子裡面還未見雁葉等人，就已經聽到了外面的喊話，當下也未曾顧忌的太多，便匆忙從屋子裡面趕了出來，詢問到底發生了什麼事情。只見雁葉說道：「回夫人的話，且說那時，我和雨萱、子衿等人正在屋子裡頭，卻不知從哪兒聞到一股燒焦氣息，想必是哪個丫鬟不小心燒糊了什麼，也未曾放在心上。只因這燒糊的氣味越來越濃，後又見窗子那旁燎原滾滾，發出幢幢的火光，方才知道是這芙蓉閣裡放水了。

時下便有雨萱、子衿姐妹二人，把容若攙扶了起來。又因這芙蓉閣與逸雨樓一亭相連，且為明慧的住處，便由雨萱二人扶著容若朝逸雨樓走去，後又有幾人前去救火，我便匆忙趕來，稟告這事情的原委。」羅母、玳萱二者聽完後，匆忙帶了府上的幾個丫鬟和嬤嬤，朝芙蓉閣那旁走去。這邊又吩咐雁葉、冬梅二人分別通知閻夫人、祗夫人前去芙蓉閣，雁葉、冬梅二人皆一一應答。

只見羅母、玳萱二者到達芙蓉閣時，火勢已經逐漸退去，唯有濃濃郁煙直直撲來。且說芙蓉閣內早有眾位府廝忙個不停，但這失火的原委卻不知是為何故。未久，又有閻夫人，祗夫人、何濯等人聞聲趕來，卻見這芙蓉閣已經燒得不成樣子，只留有一間外側二廂房，因平日裡離得比較遠，又臨近馨月亭，稍有偏僻，方才沒能被大火燒到，保留了下來。

雖說這失火的原委還未清楚，當下就有羅母、玳萱二人覺得事發的蹊蹺，天下竟會有如此之巧事，想必與那瘋顛和尚也脫不了干係，只因那瘋顛和尚的來歷，素日裡的居處，一概

無從查起，反倒成了一樁無厘頭案。如今芙蓉閣內已是一片狼藉，眼下也只能安排容若另居他處了。

再說雨萱、子衿姐妹二人把容若送到逸雨樓時，卻有明慧方才睡去。後經春鶯、雪菁二位丫頭前去道明，明慧這才醒來，只見雨萱、子衿皆已滿頭大汗，便把容若扶到了內房。又讓春鶯沏來一壺茉雀舌毫茶，並讓雨萱、子衿二人那旁就坐。雨萱、子衿二人卻一再推讓，唯在外房簡單飲罷。

這邊又有雪菁拿來爐炕子，放到內屋時，卻見容若咳嗽了起來，且愈發的厲害，並嘔吐了血跡來，昏迷中還喊出了話語，明慧、雨萱、春鶯等人見此狀，也都未知所措。

第九回　夢遊幻境訴起源　生歎情緣剪不斷

有詩云：

乘虛若年墮世間，吹花嚼芯弄冰弦。
石頭城下飲思源，湮沒無聞舉世遷。
移來磯邊煙雨樓，入夢偏屏鬧癡癲。
柳絮咋作隨風起，心字成灰淚始乾。

且說這時，天氣忽變得陰沉了下來，時有外面飄起了雪花。當下也只能在逸雨樓裡，先拿些止咳淤血之類的藥丸，後便另做打算。又有明慧吩咐春鶯，是否屋子裡面的窗戶皆已緊閉。雪菁則從櫃子旁拿來明慧平日裡所服用的藥丸，及其配方，且看配方上寫道：

用人參、黃芪，各一兩，百合五錢，共研為末，滴水成丸，如梧子般大。每服十丸，飯前服，茅根湯送下。又以人參、乳香、丹砂等分為末，加烏梅肉成丸子狀，每次一粒，熱服送下，且服後即去枕仰臥。

雪菁便按照上面的藥方，同雨萱一併熬來茅根湯，又有明慧端來數粒用人參、黃芪早已配好的藥丸。誰知明慧、雨萱等人剛進內屋時，卻見容若冥冥之中那方醒來，後又幾次嘔吐，方才明白事理，只見容若說道：「曾不知明妹妹如何竟到此地，近日又有何事發生過。只因我這病根鬧出的瘋癲，時有那方事端。」

原來容若早年落下的那病根，雖有些瘋癲，倒是服用幾次榛嬤嬤配好的止咳藥丸，休息他日，也便過去了。只是那日雖已服用榛嬤嬤配好的藥丸，卻愈發的昏迷，不料今日突然醒來，卻有這般的奇怪，倒不知鬧得是哪方事端。

明慧當下便回道：「近日倒不曾有何事發生，只因你那芙蓉閣內，卻不知是哪位丫鬟不小心燒糊了什麼，竟引發了一場大火，如今眾者皆已前去救火，又有雨萱、子衿姐妹二人把你送到逸雨樓內，時下你也只好先在這逸雨樓處住下，後便另做他算。」說著又讓雪菁、春鶯二位丫鬟前去整理逸雨樓空閒的一側廂房。

誰知明慧話音剛落，便有子衿在屋子外頭傳來話說：「夫人來了。」只見羅母、玳萱、閻夫人、祗夫人、何濯等人皆已趕了過來，雪菁、春鶯拜見後，又有明慧將事情說了個明白，眾者知曉後，也都覺得那方蹊蹺。

只見玳萱說道：「如今容弟弟已經醒來，時下便皆已歡喜。且說前陣子聽芷蕊那丫頭說瓠頭那旁有一位能算命治病的和尚，只因這和尚有一身潔好，就是銀子什麼的雖多，卻不見得要，還說什麼『順道之變化，為各正性命。保合之天利，乃章首出庶。萬國雖咸安，終有反復而悖德。』恐多半是在唬弄人罷了。雖說他日裡就想去請教那和尚，只是一時走不開，方才多留了幾日。

這邊又有容若說道：「玳姐姐所說的那和尚可是在葫蘆廟旁，原日裡倒也曾聽李蓉提起過，後去尋找時，卻見有兩位僧人，瘋瘋癲癲的，也未曾理睬。只是今日忽覺得那二位瘋癲和尚與我的夢境那般的相似，倒不知是為何顧。」

玳萱回道：「只是聽芷蕊那丫頭提起過，倒也未曾見到過，想必卻為一人耳。且說容弟弟所謂的夢境，究為何事？」

原來容若昏迷那日裡，卻在夢遊幻境中，忽見二僧人。一曰瘋癲和尚，且手中拿有一酒壺，後方欲落時，方才知曉壺中之酒皆已為空。一曰癩頭和尚，且手中拿有一柄摺扇，扇中字跡也皆已隱去。只見二人說笑著，從遠處走來，恍恍之中聽他們說道「倒不知這蠢物究為何體，卻說他日這般的瘋癲，雖有近日事端之發生，也未曾見有如此鬧事，如今也只能先去看看那氏譜圖是如何記載的。」

又有癩頭和尚折了折摺扇說道「不然，不然，且說這蠢物為當日女媧娘娘補天煉石遺下來償還人間的靈石，他日卻又那般的哀求，忠於之心倒還可以見得，只是還有一段風塵之路，尚需走上一遭，方能圓了它此番的心境。」

只見二者愈走愈近，且交談的話語也愈方清晰。再說容若此時已覺得整個人神魂顛倒，意識逐漸模糊了起來，猶如形散四處，又道神元出竅。雖張開了口問道：「二位仙師，請留步。方才聽聞仙師說這『蠢物』、『氏譜圖』的，卻不知是為何物，可否讓弟子見上一面，也不枉白走這一遭。」但這二位瘋癲和尚，倒如未聽見那般，說笑著從其旁走過，且越走越遠。後便在一石柱旁止住了腳步，且這石柱數丈有餘，只見上面寫著：「羊山公下」四個大字，容若這邊方才清醒了過來。只是覺得石柱上的四個大字那方的熟悉，卻一時又想不起在哪里見到過。

後方又有容若匆忙跟去時，卻見那二位瘋顛和尚皆已消失不見，唯有石柱上留有「羊山公下」四個大字，其側面則記載些年代、氏族之類的字跡，只見上面寫道：

籍甚他鄉，深慮代遠，皆已湮沒無聞。唯有昔日，吟罷石頭城下水，逃遍天下風流事。方才留有一氏族表系譜，尤為後人知其來，而謂之去。亦不過失其禮節，報本追思其源，使人信使，僅此而已。

第十回　容若念千顧舊情　羅母述薄命冤案

有詞曰：

情緣嗔念怨心癡，一地相思化愁詞。
昨夜春風悄入夢，吹散冰蕊浸蓮池。
常言情到深沉處，解意芳草噎語時。
薤露易晞人寂寂，朦朧幽月緒嗤嗤。

當下便有容若那方醒來之時，卻不知已為何日，況那夢境之事也早已忘去一多半。今等又聽玳萱提起那算命和尚，方才回想了起來，雖覺得新奇，倒又似曾相識，只因前世的那段未了之事，方才落下了這「病根」。

這邊又有羅母說道：「你們兩個只顧著說話，倒覺得我們竟成了外人。什麼瘋癲和尚、癩頭和尚的，恐多半又是你自己瞎想的。且說這算命之事，倒可不便信之，他日就有一起關於這算命卜卦之事鬧出的人命官司。」

話說那日賴頭城中有一位初任的官吏名為粲綰，字雨生，號乃初琬。之前為當地的一名書生，曾多次參加科舉考試，都未考中，不料今年卻正得會意，中了進士，後又有朝廷選為外班，做到了知府的位置。誰知就當那日去任職的時候，卻發生了一樁薄命冤案。

原來這衆絹進京赶考之時，卻被一算命的先生給喚了過去，只見這算命先生說道：「周年那歲日，明科落次第。子虛那方時，方為正會意。休說命虛無，莫問道愁離。是非皆虛無，到頭一場謎。」

這衆絹一聽，雖是讀不懂這話中的意思，只是這前兩句的「周年那歲日，明科落次第。」正為自己年復一年的明科落第，後兩句雖說的有點迷離，但中間的兩句也已經道明。卻說這衆絹走近之時，恰巧又有一人也跟著從那方走了過來，只見此人：

頭上戴著一頂黑絨絲綢錦棉帽，且上嵌有紅玉珠。身穿白色玉稠錦絲衣，束著一條攢花長結穗宮條，外罩墨色的緞子衣袍，袍內露出銀色鏤空木槿花的鑲邊。腰繫玉帶，手持象牙柄摺扇，穿著紫黑墨底小朝靴。且鬢若刀裁，眉如墨畫。細看時只見，目若秋波，雖怒而若笑，生的風流倜儻，自然也是個才子之輩了。

只見這風流才子說道：「晚生有禮了，且說漢族已有幾千年的歷史文化，卻總是希望感化蠻夷外族，自從胡人霸佔了南方後，漢人就被迫過江逃難了。先過江的，總是霸著大官來做，排擠後過江的。氏族之間要互相拉攏，所以婚嫁就講究門當戶對，朱門對朱門，竹門對竹門。而今雖說時代皆已不同，且為滿人之地，但氏族之間卻依舊相互拉攏，排擠外來者。如今暫請先生占上一卦，也好得知近方之事端。」

這邊卻見算命和尚回道：「漢夷鑾化，已有數年歷史，但倘若不去感化他們，勢必會有戰亂發生，自古以來又有哪個不為之失道過。於是那些氏族們為求自保，便相互拉攏，排擠外來者，婚嫁自然也就講究門當戶對了。再看歷來官場之中，又有哪個而為之清高、閑身於獨處之外的？」不料，這方對話卻被一路過的府廝給聽了個明白，竟不知要鬧出那方事端。

當下，便有算命和尚給氽綰二人各占了一卦，且看這卦卜上寫道：

眇能視，不足以有明也。跛能履，不足以與行也。履虎尾，視為終吉，其志行也。視履考祥，其旋元吉，而為慶也。象曰為：元吉在上，大為慶也。

另一卦卜則為：敦無複，視中以自考也。迷複凶，師終以自敗也。複龍首，視為凶吉，師其道也。履迷複凶，終於大敗，而為災也。象曰為：迷複之凶，反君道也。

誰知這算命和尚卻將卦卜反了過來，弄了個是非顛倒，黑白不一。把凶卦占給了氽綰，把吉卦占給了那位風流才子，時下就有氽綰大怒了起來：「且說這履迷複凶，終於大敗，是為何象？迷複之凶，反君道也，又顧何為？」那位風流才子聽罷氽綰話語，癡笑了起來，留了幾兩銀子後，便摺扇離去。

這氽綰雖是覺得奇怪，卻未見那算命和尚有何解釋，想必定是個瘋癲和尚，占錯了卦卜，算錯了卦，便不由信之，也留下幾兩銀子，那旁離去。只是這氽綰愈想愈覺得迷離，原本就有仕途多舛，時運不佳，明科落次，自己還白白花了幾兩銀子，占了個凶卦，更是怨恨在心。

但倘若不信那瘋顛和尚的話，剛才所說的那句「周年那歲日，明科落次第。」又作何解釋，況且他與那位風流才子的那方對話，更是可見一斑。想必那位風流才子與這位算命和尚定是舊相識，又何為「瘋癲」二字。定有什麼不可告人之事，隱藏了起來。

這邊正當籴綰回首詢問之時，卻見那算命先生已經被一群人圍了起來。隱約之中方可聽到：「什麼破算命的，竟說我們家老爺活不過三日，如今還敢在這裡閑說朝廷的勾當，真是不想活了。」後方竟打鬧了起來。

原來聽去的那位府廝與這算命的和尚早有瓜葛，沒想到今日卻趁著那和尚對朝廷的不敬，出來鬧事，當下就把這算命的和尚痛打了一頓。再說這籴綰一看情況不對，便匆忙離去，萬一這府廝再把自己當成算命的同夥，給抓了起來，說自己與那算命的和尚一樣，有謀反預謀，且對朝廷大不敬，到頭來，就算再怎麼有理，恐怕也解釋不清楚了。

誰知二日，這籴綰卻因禍得福，中了個進士，後又被朝廷選為外班，做到了知府的位置，卻不知那日那算命的和尚竟被府廝們打死了，如今街上的百姓皆有怨言，上報給了新任的知府衙役，要求重審此案。

第十一回　馨覺怡苑重置若　侗嗇蕭荔癡婚緣

有詩云：

舊作新啼滿袖痕，憐香惜玉競誰存。
鏡中紅粉春風面，燭下銀瓶夜雨熏。
奔月已憑丹化骨，墮樓端把死酬恩。
春風日暮生芳草，消盡江淹未斷魂。

何濯聽罷，當下就很憤怒地說道：「如今這都什麼世道，淨會仗著自家的勢力去欺負別人。」玳萱卻回道：「只是他不懂得奉承，他若是只說好的，那會有這樣的結局。」這邊又有羅母一邊說道：「他若是只說好的，那還有什麼『算命』可言？」這邊又吩咐冬梅前去將馨覺苑早年剩下來的兩側空房騰出來，誰知容若聽到後卻說道：「好母親，如今芙蓉閣已經被燒毀了，倒不如讓我暫且住在明妹妹這裡，日後讀書什麼的，也好圖個方便。」

這羅母回道：「那還了得，以你的脾氣和那瘋勁還止不定要把這逸雨樓鬧成什麼樣呢。到時候要真的再鬧出個事端來，誰還管得了你。況明慧又為女兒身，那有這般胡鬧的。」容若一聽，倒是委屈了起來，眾者聽罷二者的說話，也都勸說了起來。

這邊又有明慧說道：「這樣也好，自個雖是圖了個清靜，倒也省的整日裡忙活起來，如今容哥哥住到馨覺苑那邊，倒是近來的事端，勞煩姑母姑媽了。」羅母笑道：「哪裡，哪裡，應該做的。只因我這孽障兒子，時常瘋瘋癲癲的，唯恐在這逸雨樓裡再鬧出什麼事端來。時下，你們也好圖個清靜，我倒可以治治他那『病根』。」

容若見執意不過，便不再多說。只是問何濯近來學堂發生過什麼沒，學業又如何，先生有沒責怪些什麼？何濯聽後回道：「責怪倒是沒有，先生只是吩咐了，近來會有一場考試，還希望公子能把病養好，早日康復。當下又聽聞先生的家中有些事情，便回去了幾日，想必這會也應該快要到了。」

誰知何濯剛說完，就有門外傳來話說：「先生來了。」只見教書的先生董諫，匆匆忙忙從那旁走來，後拜見了羅母、閻夫人、祗夫人等人後說道：「原本那日剛到家中，就有莀虞那丫頭前來訴說公子的病情，想必定是早年落下的『病根』，故病舊犯。只因家裡留有小女蕪茘已有二十來歲，他日又有媒人前去提親，家中夫人也曾多次提起小女的婚嫁，督促不已，如今只見聘禮皆已送來，方才辭去了幾日，況那日未見夫人在府，便只跟玳萱等人說了個明白。」

原日裡，莀虞則為董諫家中的一名丫鬟，後由董諫帶入明府，料理書院之事。只因那日董諫走的匆急，又有一些事情尚未處理，便讓莀虞那丫頭留了下來，誰知董諫剛回到家中，便有蓑虞那方趕來，把事情的原委道了個明白，如今又有董諫匆忙趕來。

這邊玳萱說道：「瞧我這記性，竟把這事給忘了，只是那日碰巧夫人外出，府中之事皆由祗夫人掌管，便因一點小事，未敢打擾夫人。今日又聽聞先生提起，方才記了起來。」羅母則回道：「時好。卻不知是哪家的公子，攤上了咱家的這門親事，倒也未曾聽先生提起過。」董諫回道：「這前來提婚的，也不是外人，正是侗家的二公子，如今婚期也已定下，乃下月初一，恐怕近些日子不能留在府上教書了，待數日之後，方可回來。」

羅母笑道：「忙的先，這些日子恐不止你一人忙活了，日後也可為親家了。」這邊又有容若說道：「原不知侗二哥何時看上了萧姐姐，我們倒成了門裡看外的人，孤陋寡聞了。」董諫回道：「只因那日曾讓小女來過明府，怕是在去的路上被侗家的二少爺看了個明白，後又幾次打聽，方才知道是家中小女萧荔，且見二者生辰八字皆符合，萧荔又有意於他，我便同意了這門親事。」

誰知那日，侗府卻錯將侗家小姐的生辰八字送給了董府，董諫雖不知情，卻甚是滿意，且八字皆吻合。後來侗府的知曉後，便將錯就錯，隨了這門親事。

當下便有羅母留有董諫晚飯，卻見董諫一再推讓。後方見執意不過，便留了下來。誰知正當離開之時，又見侗府的童廝送來喜帖，眾者方才知曉。當下，便有羅母當做一則消息，說了出去，眾府們聽罷，皆已忙活了起來。

後又幾日，方為董諫之女蕙荔的婚日，時下侗府也早已熱鬧不已。又有明珠、容若、玳萱、何濯、明慧等人前來侗府拜禮，閻夫人、祗夫人及冬梅、春鶯、雁葉等幾位丫鬟則是隨著羅母去了董諫家中。如今明府與這兩家都有親系，且侗薔為羅母遠方表親，董諫又為容若等人的教書先生，倒是更加忙活了起來。

後方又有羅母等人引入董府西側二殿房時卻見蕙荔，穿著繁花絲錦製成的芙蓉長袖寬身上衣，且衣上繡有五翟凌雲花紋，紗衣上花紋乃暗金芷線織就。點綴在每羽翟風上的則是細小而渾圓的薔薇晶石與虎睛珠，細石披散而至，碎珠琉璃透一，宛如星光閃爍，又道豔紫流霞，透露出晨曦若光。臂上挽拖著丈許來長的煙羅紫輕綃，用金鑲玉跳脫牢牢系住。一襲金黃色的曳地望仙裙，用薔金香草染成，晶明透裡，質地輕軟，且散發出芬芳的清香。裙上用細如胎髮的金銀細絲繡成的攢枝千葉海棠和棲枝飛鶯，刺繡處則綴著千顆細珠，且珠子黑白不一，與金銀絲線相映生輝。

髮簪處則見左右累出六支碧澄澄的白玉響鈴簪，兩旁各一枝碧玉棱花雙合長簪，繞成一雙蝴蝶環玉蝶飛的靈動模樣。發簪正中則是一支鳳凰展翅六面鑲玉嵌七寶明金步搖，鳳頭用金葉製成，頸、胸、腹部則全用細如髮絲金線製成的長鱗狀羽毛，且綴上有各色的珠子。鳳凰的口中銜著一串長長的珠玉流沙，最末一顆渾圓的海珠，則正印眉心，珠暉璀璨，映出眉宇間隱隱波動。

且髮簪正頂為一朵盛開的花朵，重瓣累疊的花瓣上泛起泠泠的燭光，簇簇如紅雲壓頂，嫵媚嬌柔，襯得透璃的髮簪似要溢出水來。金赤鑲紅的耳墜上流蘇出長長垂條。圓頹臉上薄飾著淡粉色的胭脂，露珠般的珠粉末淡淡施於鄂旁，唇處則塗有幽暗狀的荔紅。

細看時只見，三分嬌柔，七分彎眉，鳳目中雖含有一絲的憂愁，卻在回眸處流露出巙巙笑語，嫵媚間則更是映出了百媚態生的樣姿。

後便有詩云曰：回眸一笑百媚生，身如巧燕嫣嬌濃。清風輕搖拂玉袖，白玉斜曳顯金蓮。

第十二回　別時風樣不勝悲　蕙荔嫁府百顰眉

有詞曰：

夜來雪紛飛，凍雲一樹垂。蕭風回首不勝悲，葉幹絲盡只顰眉。
可憶紅泥亭，纖腰舞困誰。如今寂寞待人歸，明年舊時系斑雕。

卻說蕙荔的這般打扮，倒不是皇族之親，竟為府相外婚，更是可見一斑。羅母、閻夫人、祇夫人見狀後，也都非常驚訝。只見閻夫人說道：「且說這用暗金芷線織就的繁花絲錦寬上衣，我倒是早年時候，在宮中見平貴妃穿過，後倒再沒見過。如今蕙荔穿在身上，又配有碧澄白玉響鈴簪，更是生中有幸。」

誰知這話卻被莀虞那丫頭聽到了，當下便回道：「哪裡，哪裡。小姐的這身打扮，也是昨個托老爺和姑爺的福，剛從宮中借來的。原日裡小姐只說簡單就罷，卻不知倆二爺早將這絲錦婚衣和髮簪那方打聽，後方才借了過來，倒不知原為是哪位夫人的？」這邊又有閻夫人細則了起來，莀虞聽罷，卻只知一二。

這時，又見一身穿朱紅色的細雲錦綾合寬長外衣，袖旁繡有沉香木紈嬌青芯，足處跰纏卻如墜雲般風起綃動，鬢邊似有海紋春生玉青簪，頭上勒著翠藍銷金箍子髻，戴著黃霜簪環並羅熠綢玉蓮，鵝圓的面靨處胎生出俏媚的痣斑，且雙眉修長，兩頰暈紅的丫鬟匆匆忙忙走了過來。只見這丫鬟喊道：「快點，快點，如今老爺在外面催了，怕是要耽了時辰，延了誤期，到時候也不好交代。」這邊方才有蒝虞匆忙從外面喚了幾個丫頭，且春鶯、雁葉等人也跟著幫其忙來，拖著用薔金香草染成曳地望仙裙，朝外旁走去。

原來這匆忙趕來喊話的丫鬟，喚名落嫣，乳名為嫣茬。只因落嫣這丫頭早年時候出生於冬季，況又見那數日六出飛離，水鼙冰咽，便以「延生」化名為「嫣茬」。後又因嫣茬落地之時，恰有一梅株那旁獨開，便改其名為「落嫣」，取其「落嫣百媚生，株梅那旁開。」之意。如今落嫣這丫鬟則為蒬荔身旁的貼身丫頭，他日倒曾隨著蒬荔外出之時，與侗嗇相遇，後方之事又多為她謀，便有了今日的這段姻緣。

且說蒬荔、蒝虞、春鶯、雁葉等人走出之時，又有羅母、閻夫人、祗夫人以及落嫣等人跟了過去。卻見門外已有備好的婚轎，眾位府廝皆已等候多時，只見這婚轎：

用朱紅漆成的藤子渲居左右，赤褐色的踏子用鑲黛疊至而成。內有紅羅軟屏夾幔紫茵褥，紈蠶冰簟中疊有玉帶羅衾，週邊則有帷帳和門窗。且帷子為紅色的彩綢，並繡有丹鳳朝陽圖，又有數尺長的銜衾玉簟鮫綃寶羅帳垂於正方，薔金絲製成的長鱗花綴苒鑲邊墜於四旁，頂中則懸有四角出簷的六面鑲翅珠寶塔。

眾人見蒬荔進入轎中，方才抬了起來，這邊又有落嫣及春鶯、雁葉幾位丫鬟先行告退，並於蕉荔說於帷窗外旁。只見眾位府廝抬著轎子繞過二旁青瓦雕刻而成的玉石堆砌牆，沿著檀木疊成的臺階緩緩沉下，並於朱門那旁走去。

後方又有羅母、閻夫人、祇夫人另繞其道，由莀虞等人引導走其他旁，也好圖個方便，並由假山玉池繁花紫株旁經過，卻見：

假山上有一座篚頂寬亭，中嵌一碑文，上面刻著「岄樂其峰」。兩旁分為另座假山，且這三座假山上面各有山廊相連，唯獨岄樂山處更顯其峰。其旁的兩座假山，各嵌琉璃瓦宮華閣圖，且數丈有餘，相互映襯，宛如流石穀裡。

山后則為一蝙蝠形水池，由藍田翠石錘鑿而成。且池中花蓮細膩可瓣，浮萍雖流於滿塘，卻碧綠而明淨，時有池中數物窺動，道出別樣風聲。池邊走廊處則為墜雲玉石鋪墊而成，宛如初雪始降般清麗。瓦璃般闌珊旋曲而倚，且上刻有「通寶玲瓏」的圖案，有著「翟紈冰簟」之稱。假山與水池相映襯，勾勒出一幅「假山玉石繁花」圖，堪比當年潘玉兒之奢靡。

羅母、閻夫人等人見狀後，倒是覺得與閣香園處的那幾座假山，十分相像。後方經過之時，又忽見一帶清流花蕊曲瀉於石隙之下。兩邊的雕甍繡檻，皆隱於山坳淋池之間。繞過假山後方，便來到一繁綺舊院落庭，且見數餘間的兩層後罩樓環抱左右，上有形式各異的會錦窗相飾，中間下層則為走廊，圍牆繞其後，門旁雖有幾株早已落盡的花瓣，卻溫不失雅。垂花旁處則為一席清靈玉簇的竹圃，似有琅玕玉折之感覺。

這邊卻說春鶯、雁葉等人繞過西旁朱紅赤殿門後，便來到瓊苑街上，且見街上早已熙鬧不已。時有人頭攢動，雜亂無章。街道則為東西延長，兩旁皆有茶樓、酒館、當鋪、廟宇、作坊等座建築，如今街人見有婚橋經過，更是熱鬧非凡，川流不息。後方又見一虹形大橋，且橋頭上攤販著各種雜貨，南面則與大街相連。北面則為一座玲瓏珠寶塔，且上面用水晶璧玉雕成的鳳凰欲翅鑲寶珠。後又繞其道，穿過三廊長房，方才來到侗府。

第十三回　紅樓遺夢猶未盡　青史百朝演爲情

詩云：

春到春期春未休，水到橋頭水自眸。
春回笑臉花含媚，黛蹙娥眉柳帶愁。
粉暈桃腮思伉儷，寒生蘭室盼綢繆。
何如得隨相如意。莫讓文君歎白頭。

時下落嫣、春鶯等人來到侗府之時，皆已晌午，卻不知羅母、祗夫人、閻夫人早已到達。只見眾者繞過二門，方才來到侗府的正門。

卻見這正門為兩重邊，敞開，大門為三開間，前置石獅一對。那旁則為二門，五開間，相互勻稱，均在軸線上。且正門上面早有掛好朱紅色的玉稠綾羅染絲帶，碩大般的燈籠映襯左右。兩邊皆有題好的詩句，只見：子方那時說鴛鴦，千里塵緣一線牽。

這邊，落嫣、春鶯、雁葉等人把蕉荔從轎上扶下後，府廝們方才抬著轎子那旁走遠。緊接著又有數位嬷嬷趕了過來，喊道：「來了，來了，新婚娘子來了。」眾廝聽罷，皆擁簇了過來。蕉荔等人剛進府內，又見正側內門已有擺好的婚轎，且轎身全為木制，四周罩以紅色的綾羅帷布，轎幃兩邊皆繡著「禧」字，且紅綢作幔，四角懸著掛桃紅色的彩球。頂處則與蕙荔來時所坐的轎子相似，為楞角出簷的鑲翅珠寶塔。

卻說這幾位嬤嬤們把蕙荔扶上轎後，方才抬了起來，朝著佪府內門走去，且落嫣、春鶯等人走於其旁。只見這幾位嬤嬤繞過西側西殿門，又穿過幾方圍廊，來到佪府二側門，且見二側門內為正殿及東西配殿，各座門之間都有廡房相連，東西兩北角上建有台樓。簷下有鬥栱、橫樑，梁上有琉璃貼成的鏇子彩畫，柱上皆以紅色染邊。西側院落在正門，前列著四排屋房，東側院落在二門東南方，北側有二排座房，南面為一四合院，屋頂則為綠璃瓦相連，配殿則為青灰瓦相接。

只見這幾位嬤嬤抬著轎子，朝著南側二排座房走去。後方到時，又有羅母、佪夫人及其府上幾位丫鬟趕了上來，擁著蕙荔進入房中，春鶯、雁葉、落嫣及嬤嬤們則在門旁等候。稍刻，便有蕙荔內穿紅色的絨襖，足登粉紅的繡履，且腰繫流蘇飄帶，下著一條繡花彩裙，戴著用絨球、玉石絲墜等飾物連綴編織成的「鳳冠」，銀質四蝶的鑲玉步搖嵌居其裡，耳垂喬蝶戲夢鏈，披一條繡有各種吉祥圖紋的錦緞赤霞披走了出來。

後方才有嬤嬤們抬著轎子朝四合院走去，卻說這四合院，早日裡則為佪嗇之父佪濟的住處，且北面為一曲幽花園。只見這花園，有亭臺樓閣、蒼松翠柏、玲瓏堆石，且曲徑通幽、佈局疏朗、景色秀麗。花園西側則有一段城牆式圍牆，牆上為一方辟券洞，額書「榆關」。

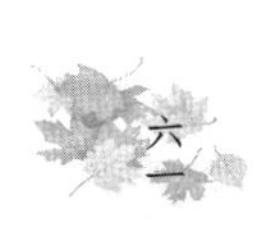

牆兩端有數尺假石，闢內南面有一座水池，池心有水座二間，且相互勻稱。只見這幾位嬤嬤繞過北面的花園，又穿過一廊長房，方才來到四合院內。

卻說眾者剛到四合院時，又見南面為一亭立的戲臺，有百米之遙。只見戲臺上方有三層飛簷琉璃狀的刻畫，且龍在上，鳳在中，獅在下。飛簷的下方則為兩根朱紅色的柱子，且柱子兩邊各為一首楹聯，卻見上聯為：紅樓遺夢猶未盡，下聯為：青史百朝演為情。橫批則為：紅樓遺夢。中殿兩旁為廂房，與戲臺一虹相隔。

雖說這四合院，早日裡則為侗嗇之父侗濟的住處，如今卻為門府婚宴。時下已有百餘眾人在其院內，卻說眾人見婚轎到時，方才停止了喧鬧，這邊又有容若、何濯等人趕了過來，落嫣、春鶯二人則扶著蕙荔走了下來，雁葉跟隨其後。只見這蕙荔剛走下時，又有一姑娘穿著青色的綢緞，外披一條紅色的綾羅褂子走了過來，卻見這姑娘說道：「總算到了，還好倒沒耽誤什麼。」說著便朝那旁喊去，後方才有侗嗇那旁趕來，只見侗嗇：

身穿赤紅色的羅饜繡緞裳，束著一條垂髫宮絛，外披一層粉霞錦綬藕絲袍，腰間束著一紅色祥雲稠錦帶，粉紅墨底小朝靴然居其下，濃黑的眉毛叛逆般地向上揚起。

原來這身穿青色的綢緞，外披紅色的綾羅綢褂，倒不是外人，乃侗濟之女，侗嗇之妹。其名為侗青衣，因侗濟早年獨愛戲曲，便以青衣為名。取其「夢入梅花疑似錦，青衣玉女吟鸞笙」之意。

這邊又有羅母、倜夫人等人從重禧樓趕來後，兩者方才拜地，時下已為下午。且說二者拜地後未久，便有眾位丫鬟們端來婚宴家席。

只見這前菜十品為：蕪爆散丹、釀冬菇盒、二龍戲珠、紅燒制豚、湘莉茭白、松鶴延年、芥茉膳糊、烏龍吐珠、參芪白鳳、龍舟鱖魚。

後又有膳菜七品乃：鳳凰展翅、萬字珊瑚、喜鵲登梅、蝴蝶暇卷、佛手金絲、祥龍雙飛、山珍龍芽。水果五品乃：怪味腰桃、蜂蜜海棠、糖溜荸薺、珠明紅果、雪裡蓮果。蜜餞四品乃：蜜餞櫻桃、蜜餞銀杏、蜜餞紅果、蜜餞馬蹄。餑餑四品乃：水包晶花、花盞龍眼、蜜絲山藥、一品官燕。烤烤二品乃：片皮乳豚、隨荷葉卷。麗人獻茗乃：盧山雲霧。香茗二品乃：楊河春柳、茉莉雀毫。

卻說眾人歸去之時，皆已夜半。後又數日，方有董諫前去明府。

第十四回　春到春愁何事有　東隅明府輒思居

有詩云：

瘦盡燈花雁子時，清風朗月輒思居。
春到春愁何事有，半前半枕花間綠。

只見董諫前去明府之時，恰有侗府送來拜禮。後又他日，方才有蕉荔、侗畜及青衣等人前來拜見明府，時下皆已春後，且見明府：

正門兩重，南開，大門四開間，勻稱相對，且東西兩側成半弧狀。前置石獅一對，雄獅居東，雌獅位西。頭披卷毛，項繫繡帶，鈴鐺下垂，口含滾珠，且彌須而坐。院外為雲山幻海般的玉石圍牆環護，綠柳周垂四第，上有一赤匾寫道：「東隅明相府」。

走進正門後，又見四間排房座落在東西兩側，後側為正堂，且中間有一層圍牆相連，牆上各有券洞相隔，正堂為西南配殿，四周則為遊手走廊，南側有四排座房，且相互對稱，西側有三間套房，卻見其中一間西北側，似有燃燒過的痕跡，琅目不堪。穿過正堂右拐，方才來到馨覺苑，只見這馨覺苑的兩邊皆是朱紅色的雕樑畫柱，苑中則以朱白色的走廊相接，苑內北側又有海棠數株，南側則為一方竹圃。兩間垂門花樓環罩左右，屋頂處為金石壁畫，繪著形式各異的圖案，且色彩斑爛。地板上鋪著色調柔錦的綢緞地毯，宛如燃燒著的幾朵豔紅火焰。

只見侗嗇拜見羅母后，說道：「原本他日就該來，卻因青衣那丫頭硬是要拉著前去給蘭老爺拜壽，倒是耽誤了數天。」羅母笑道：「哪裡，權當是自己的家，倒也不必這麼客氣。」當下便有春鶯、冬梅二位丫鬟端來用芪毫雀茉沏成的香茗，及其他一些茶果，這邊又有容若、玳萱等人趕了過來。

且說容若見青衣身穿青灰色的素衣，外罩嫩紫色的衣袍，尖尖的臉蛋處，雖薄施脂粉，卻在眉梢眼角處甚堪春意，且嘴邊時有一絲微笑，更為明豔一斑，便問道：「卻不知妹妹平日裡都讀些什麼書，又時常拿些什麼來解悶。」青衣回道：「倒不曾讀些什麼書，只是懂得一些《四書》、《五經》，詩禮藏香，認識幾個字，不是瞪眼瞎罷了，平日裡則以刺繡，戲苑解悶。倒不知容哥哥都讀些什麼書。」只見羅母回道：「他那裡肯讀書，整日裡在學堂裡廝鬧……。」話未說完，卻見一書童趕了過來，說道：「如今老爺吩咐要公子前去書堂，說是要考考公子近來的學業。」容若聽罷，當下便癡鬧了起來，後由羅母、玳萱等人一番勸說，方才有容若那旁離開，並與書童朝書堂處走去。只見羅母說道：「我這兒子，整日裡淨會癡鬧，若不是請來的教書先生，那裡肯讀書。」蕭荔聽罷，便說道：「時下公子還小，頑皮之心倒可不必放在心上。」

且說那日侗嗇、蕙荔等人歸去之時，已為下午，由明府後門走出。只見眾者穿過馨覺苑後方的兩間垂門花樓，來到一排城牆式的圍牆，且圍牆上有一方券洞，券洞上面額書：「馨覺怡苑」。兩邊雖有雕刻的字跡，卻與門前那兩根朱紅色的雕樑畫柱一樣，皆已模糊不清。繞過券洞後方，便來到一座形如鳳凰展翅的怡心拱橋，且見橋尾處有數道橋廊通往各處，形似鳳凰尾翅。橋身處則為數台亭榭相隔，且亭中皆有丫鬟們嬉於那旁，台磯之上又坐著數位身著紅紫色的丫頭，中間兩旁各有橋樑外伸，北方則與一假山相連，南面則與正堂相接，形如鳳體雙翼。橋頭上方則有石獅一對，且頭披卷毛、張嘴揚頸，盤踞左右兩旁，與大門兩邊的石獅形姿各異，宛如鳳凰雙睛。

橋下則有溪水川流不息，發出潺潺的響聲。這時忽見橋頭東北方處又有書房一座，且有百步之遙，與馨覺苑數排佳木奇花相隔，且佳木蔥蘢、繁花燗灼，書房則位居其後。走上橋頭之時，又見一方朱白色的甬石橫鋪上面，橋頭兩邊的雕檻上，石刻著鳳凰和牡丹，又有「三王之獅」相稱。

卻說蕙荔、侗嗇、青衣、羅母等人繞過中間的亭榭後，又見雨萱、雪菁等幾位丫鬟那旁走來，只見雨萱、雪菁及其他幾位丫鬟拜見羅母、蕙荔、侗嗇等人後，方才離去。這邊，眾者沿著晶白色鵝卵石鋪成的橋廊，又走數百步，邁上數米高的九重臺階，忽見一巨石，墜天而下，且數丈有餘，後經玳萱、羅母二人道明，方才知道，這巨石乃「閣香園」處的一方假山石。卻見這閣香園內有四座假山皆以墜天而下，且大小相一，形狀各異，分別環罩在閣香園的東、南、西、北四方，上有簏頂寬亭，環抱四周，簏頂寬亭處又有山廊依次相連，南側假山後方有一虹形水溪，環繞在東西兩北角處。且與後門相襯，形成彎弓狀，香園東北側為一方戲苑，與書房相隔甚遠。

第十五回　開到荼蘼花事時　方為紅塵諸事淚

有詞曰：

春點杏桃紅綻蕊，風起柳楊綠翻翠。
開到荼蘼花事時，方為紅塵諸事淚。

且說水溪兩側的闌珊與董府後院的「假山玉石繁花園」很相似，上面皆刻有「通寶玲瓏」的圖案，繞過假山後方又忽見一川流的清帶瀉於石隙山下。兩邊的雕甍繡檻，皆隱於山坳淋溪之間。

只見眾者繞過北側的假山，又經過四排套房，方才來到後門。卻說這後門的四排套房與前門正堂南側配殿的四間座房相互對稱，且後門為一重，半開，後有蕙荔、侗嗇、青衣等人告別後，方才離去。

再說這邊，容若自被明珠喚去後，原來是為前段日子所謂的「適期考試」，且說那時恰有容若舊病故犯，又巧遇蕙荔的婚宴，便耽誤了幾天，雖何濯早將告知，倒也未曾放在心上，沒想到今日卻突然喚見。

原自容若讀書之時，便有所謂的「適期考試」，但這「適期考試」倒不像科舉考試那樣，而是要考察近來的學業，能背得出《四書》、《五經》中的某篇章便可，且每年都有，唯有時期未定。有時會早些，有時則晚些。如今今日方為「適期考試」，倒也無話可說。且何濯、李蓉、菱綺等人也早在書堂等候多時，眾者見容若來後，方才開始。

雖說這「適期考試」每年都有，原日裡倒是只有董諫為考察，能背得出一兩句，也就過去了，沒想到今日卻有明珠在堂，更是不知所云。只見何濯以《論語》為題，背道：

子曰：學而時習之，不亦說乎！有朋自遠方來，不亦樂乎！人不知而不慍，不亦君子乎！

子曰：吾日三省吾身，為人謀而不忠乎？與朋友交而不信乎？傳不習乎？

子曰：禮之用，和為貴。先王之道，斯為美。小大由之，有所不行。知和而不和，不以禮節之，亦不可行也。……

李蓉則以《中庸》中的一段「知治所庸」為題，背道：

凡為天下國家有九經，曰：修身也，尊賢也，親親也，敬臣也。體群臣也，則子庶民也，來百工也，則柔遠其人，懷君道也。修身則道立，尊賢則不惑，親親則諸父昆弟不惑，敬大臣則不眩，體群臣則士之報禮重。……非禮不動，所以修身也。賤貨而貴德，所以勸賢也。

菱綺則以《大學》為道為題，背道：

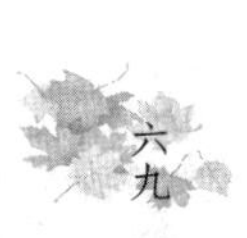

大學之道，在明明德，在親民，在止於至善。知之而後有定，定而後能靜，靜而後能安，安而後能慮，慮而後能得。物有本末，事有終始。知所先後，則近道矣。古之欲明明德於天下者，先治其國。欲治其國者，先齊其家，欲齊其家者，先修其身也。……

容若則以《詩經》為題，背道：

關關雎鳩，在河之洲。窈窕淑女，君子好逑。
參差荇菜，左右流之。窈窕淑女，寤寐求之。
求之不得，寤寐思服。優哉遊哉，輾轉反側。
參差荇菜，左右芼之，窈窕淑女，鐘鼓樂之。

後方愈背時，卻只知一二，眾人聽罷，也皆不敢吭聲。只見明珠正坐在書堂南側偏東方向，且雙眉緊鎖，神情凝重，雖未怒卻自威，容若見狀後更是害怕了起來。後有董誎說道：「如今這《詩經》有所忘記，恐怕是一時緊張，所造成的，如今倒不如背上幾首詩句，也可說得過去。」於是又有容若以唐詩背誦了幾首，明珠聽罷，雖有一絲的不高興，倒也說得過去，便不再追究些什麼。

誰知，後又幾年，侗濟因病去世，侗嗇便襲了位，又因蕪荔無能生子，將其離婚，時下便有蕪荔那方離去，竟不知所向，眾人尋罷，也皆無音訊。唯有董誎及其夫人終日哭泣，後有落嫣、莀虞二位丫鬟及容若、玳萱、羅母等人勸說方才止住。

卻說佪嗇襲官後，倒跟變了個人似得，整日逍遙在春風樓裡，雖娶有二房，也很少回去過。佪嗇之母霍媜見其狀，倒也未曾說些什麼，只是自佪濟去世後，見青衣那姑娘終日迷戀在刺繡和戲曲上，且很少與人交談，喪父之痛雖隱藏於心，卻在表面上流露了出來。況自佪嗇襲位後，家裡的積產也敗的差不多，佪母因放心不下青衣，如今又要去靈雲堂守靈三年，便留了些銀兩，將青衣及其丫鬟姣菡送到明府，暫且照看，等數日後再將其接回。

時下，青衣、姣菡等人去明府之時，皆已入冬，且說芙蓉閣也早已修好，又有容若及雨萱、子衿、蔦芹等數位丫鬟重新搬回芙蓉閣內。羅母見青衣到來後，便讓青衣住在了芙蓉閣北側新修建的怡磬苑。且這怡磬苑與逸雨樓離的比較近，位於逸雨樓的偏東方向，與芙蓉閣相對稱，也好有個照應。

只見羅母說道：「如今在這怡磬苑，有什麼需要的儘管給丫鬟們說，權當在自己家中。」青衣謝罷後，又有羅母當下將兩位丫鬟，外加幾位嬤嬤，給了青衣。且這兩位丫鬟喚名為「綺夢」、「冷玥」，分別取「夏之綺夢、冬之冷玥」之意。

第十六回　過眼皆空虛入眸　南堂夢演情依樓

有詞曰：

繁華舊事已成空，銀屏金屋魂夢中。
黃蘆晚日空殘壘，碧草寒煙深鎖宮。
荼蘼待春欲將盡，妝台鸞鏡匣長封。
憑誰話盡興亡事，一衲閑雲兩袖風。

且說青衣搬進明府後二日，方有容若前去怡馨苑，況那日容若見青衣那般的面善，且這怡馨苑又是容若等人前去繁怡齋的必由之路。原日裡青衣的到來，倒是未曾在府，只因回去的時候聽雨萱那丫頭提起此事，方才知曉。

只見容若剛進怡馨苑內，便有綺夢那丫頭前去傳話。時下恰有青衣在屋中忙著刺繡，見容若那旁走來，方才停了下來。容若見狀後，更是驚訝不已，卻見繡屏上面勾勒出一幅緋羅綃衣金絲鸞鳥赤鳳圖，且曲線圓滑、針跡整齊、繡面平服、無一墨蹟汙跡，後近細看時，只見：

鸞鳥的雙目凝癡，頭上為一層黃色的飾巾，眉眸處則有一道白色的濃毛，顯得格外有神。

腹部的羽毛皆以赤褐色的線條勾勒而成，淡黃色的爪子緊抓枝條，似有香風拂繡戶金扉之感覺。鸞鳥的下方則有一身穿粉霞錦綬狀的藕絲羅裳，外披青羅掐花狀的對襟緞裳，下著一條藤青曳羅靡子長裙的女子，正含情脈脈地望著樹枝上的鸞鳥。且這女子頭戴鑲玉雙層花蝶鎏金簪，臉上似有薄施的胭粉，玲瓏點翠草頭蟲鑲珠隱藏於左右耳旁。手中持有一把象牙柄狀的織金宮扇，且雙目修長，面凝鵝脂，唇若點櫻，神態自若。

這邊便有容若說道：「他日只是聽聞妹妹平日裡以刺繡解悶，倒不知竟如此美妙，我算是開了眼界，飽了眼福。」

青衣回道：「怕是讓人見笑了，只因前段日子在家中閑些無聊，方才繡了一陣子。今日整理東西的時候又碰巧見到這繡畫，便拿了出來，繡下這剩餘的部分。」

當下又有冷玥等人端來一些茶果，放於案旁。只見青衣把刺繡放於床枕側旁後，二人方才說笑著朝案旁走去，只見容若說道：「既然見妹妹的繡畫如此美妙，倒不如也替我繡上一幅，卻不知何如？」青衣回道：「是為何故」。容若說道：「原日裡倒是整天在花園和書堂中，如今見妹妹難得繡上一幅，況他日裡又不知有何去向，只當是留作一個紀念，也好日後能想起妹妹來。」

青衣聽罷笑道：「恐是讓人笑話了，倒是不知容哥哥想要什麼樣字兒的繡畫，也好心裡留個底，作他日之打算。」容若聽後甚是高興，便說道：「他日在侗府，見四合院南側的那

方戲臺甚是獨特，況又見妹妹獨愛戲曲，倒不如就以這『戲臺』為題，繡上一幅〈南堂夢演情依圖〉，取其『過眼皆空虛入眸，南堂夢演情依樓。』之意，也好不枉生疏。」青衣聽後，卻說道：「原不知容哥哥也獨愛這戲曲？」容若說道：「只是有時會坐在台下看上幾場，湊湊熱鬧而已，倒不像妹妹入得那麼癡迷。」青衣說道：「時好，時好。」

後方又有容若欲說時，卻聽見綺夢那丫頭在門外傳來話說：明姑娘到。於是容若便將這事情的原委隱藏了起來，卻說明慧走進屋時，又有容若從那旁走來並說道：「明妹妹怎麼也想到來這怡磬苑了。」

只見明慧說道：「我還以為誰呢，在院子裡頭就聽到屋子裡面有說話的聲音，倒也不像是芷焉那丫頭的聲音，原來是容哥哥。只因前些日子青衣姐姐搬來的時候，曾向我借用一些針線之類的東西，怕是在來府上的時候，忘記帶了。後方才讓我在這逸雨樓裡找了許久，雖說找到了，也只是些舊時的針線，便送了過來。」

青衣見此狀，說道：「倒是謝謝妹妹了。如今這繡畫正缺這線條，只因那日走的匆急，方才忘在了府上。」且見青衣接過明慧拿來的針線後朝內屋走去，當下又問道：「卻不知妹妹可也懂得這刺繡的活。」明慧則回道：「倒是在家中見到過，未曾學過，只是懂得這刺繡裡面的『平、齊、細、密、勻、順、和、光』八字而已，平日裡則學些琴畫什麼的，倒沒姐姐這麼喜愛。」

青衣說道：「我這也是平日在府上閑著沒事，練練手藝罷了。」

這邊容若見青衣、明慧二人只顧著交談，倒是覺得自己竟成了外人，當下便說道：「你們只顧著說話，倒覺得我成了外來的人，多餘了。」

青衣、明慧二人聽罷，皆笑了起來，只見明慧說道：「誰讓你不早些日子來，他日裡倒不知又去那裡逍遙自在了。」容若回道：「他日只是在學堂裡讀書，那裡也不曾去過。唯有前些日子，見先生吩咐說每人前去街上買一樣東西，說是要以此為題，來考察學業，且為三天的期限，方才有那幾日的外出，誰知又碰巧了青衣妹妹的到來。」

再說明慧雖是早已居在明府，倒也很少去學堂那邊，況這芙蓉閣又方才修好，容若等人也剛從馨覺苑那邊搬回來，便不再說些什麼。

原來，自上次的「適期考試」後，容若雖以唐詩背誦了幾首，見明珠沒說什麼，也就過去了。只是時下裡，常有明珠將容若喚去以考察近來的學業，如今這《四書》、《五經》，雖未能真正領會其內涵，倒也背得差不多，且又重新搬回芙蓉閣，也就過去了，只是唯有一事放在心上，未曾敢提，乃董諫之女蕙荔。

第十七回　南窗多夢醉入酣　憑手撚花枝落幹

有詞云：

林鳳花謝了春紅，太匆匆，無奈朝來寒雨晚來風。
胭脂淚凋了妝濃，幾相逢，自是人生長恨水長東。

卻說那日容若、明慧二人離開怡馨苑時已是晌午，又見雁葉那丫頭從繁怡齋那邊傳過話來，眾者方才離去。後二日，乃學堂的會期考試，且這考試的題目早已置好，以當日眾者所買的東西為題，寫出一篇詩題來。

原來那日，容若、何濯、李蓉、菱綺等人雖是出了明府，但大多以遊玩為主，倒將這考試之事，未放在心上，況見街上多是一些日需用品及玩偶之類的東西，便未曾理會。只是在唐硯街那邊憩玩了頃刻，又花了幾兩銀子買了幾隻畫眉鳥雀及摺扇之類的東西，便回去了。

之後則將早日裡所準備的東西拿了出來，且那數日又恰逢明珠過壽辰，眾者便以簡單就罷，以「畫眉」、「摺扇」、「胭脂」、「步搖」等為首題，分別以詩句「百眉千聲知向鎖，不及林間自在啼。」、「臨翟引生初疊手，持表藏月入懷中。」、「隱枕濕痕留玉臉，遠夢不及悲與歡。」、「金鍍玉嵌鈴寶簪，銀質四蝶一步搖」為次題寫的詩篇，只見畫眉處寫道：

南窗多夢醉入酣，百舌未曉道天明。

柳外畫樓疑羅纏，憑手撚花枝落幹。

摺扇處寫道：

春來團扇秋為藏，何故佳人自感傷。

幾遮殘陽過回廊，誰人不趨著炎涼。

胭脂處寫道：

林鳳花謝了春紅，太匆匆，無奈朝來寒雨晚來風。

胭脂淚凋了妝濃，幾相逢，自是人生長恨水長東。

步搖處寫道：

雲鬢四蝶銀步搖，芙蓉帳暖玉美嬌。

莫問前事記今朝，飛入塵世伴雲霄。

時下，這會期考試原本也就過去了。後又幾日，方為明珠的壽辰，且已過而立之年。當下便有蘭老爺、尚部闇書倧莪及其他門府相府前來祝壽。

只見東西兩角門內開，東隅兩旁的朱紅色大門外開，上有用布帛題詞的壽幛橫掛左右，

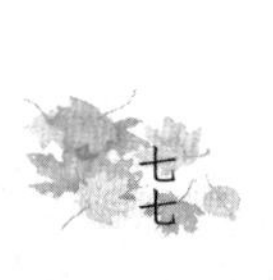

穿過東西兩側的四間排房，又見正堂處的石柱皆以紅色的帷稠囊括其裡，台磯之上擺有紅色的壽燭，且蠟面上印有金色的字跡，其他各處則以「壽」字為題，繞居四邊。

這邊卻見春鶯、雨萱、雪菁幾位丫鬟繞過正堂南門，引領眾者穿過二側帳房，眾位府廝則接過送來的壽禮走於後旁，並一同朝馨覺苑走去。玳萱、閻夫人、祇夫人、青衣、明慧等人則在正堂旁忙於貼掛。馨覺苑那邊又有冬梅、雁葉、芷蕊等其他幾位嬤嬤忙個不停。

且說眾者剛到馨覺苑內，早有明珠等人等候多時，眾者拜見後，方才一併進入內屋。當下又有幾位嬤嬤端來茉莉香茗及一些水果。

雖說這前去給明珠祝壽的已有眾人，倒是沒見素日裡同好的熙老爺及秦穎二人，反而更是奇怪了些。後有蘭老爺等人的道明，方才知道原來這熙老爺因前年的明史案牽連，當下便被抓了起來，又因熙老爺與太后有根源之親，方才得以不死，被貶到了他處。

原來這所謂的明史案件始發於吳江，話說當日吳興南潯地方有一名叫莊韓元的富戶，雖因病眼盲，卻想學習同為盲人的左丘明那樣，編寫一部史書，也好不枉遺終此生。但又匱於所知之事甚少，便去買當日懲治哭蘇廟案朱步穗的遺稿，況這朱步穗又為莊韓元的舊交，於是便將早日裡所存留的明史史稿賣給了韓元。後又有沿江的一些才子聽聞此事後，也一併加入了參與明史的修編。

誰知參與編寫明史的這幾位吳江才子，卻在史書中直呼努爾哈赤為「奴酋」，清兵的八旗子弟為「建夷」。雖說這歷來朝代，年末造反建國之事多以「奴酋」相稱，但這要讓開國君王看到後，會是怎樣一種感受，況書中還提到了明末建州女真的事情，並增補明末崇禎一事，更是犯了大忌。

且說這史書編著成冊後，共一百多卷，莊韓元當下便作為自己的著作，並請當地名叫李哲的史書家作序，書中還題有茂源、吳楚、吳為之、吳辛銘、魏國勝等人的名字參與編寫史書，書的最後則寫以「根據朱氏的原稿增刪成冊。」

後又經過刻字、印刷、排版等工序，方才成書，並流入市場。卻不知這編寫成冊的明史書被皇親貴族看後，當下就憤懣不已，後便命令史部、兵部嚴查此書，凡是參與此書的且與此書有關聯的，全部抓起來。

韓元當即就被處死了，且朱步穗參及編寫史書的也連同並座，又將經過刻字、印刷、排版的人都抓了起來，熙老爺、秦穎等人也因牽涉此案被抓，如今早已淪為他處。明珠等人聽罷後，方才知曉這事情的原委，皆已感歎不已。

再說這邊，正當眾者交談之際，卻見冬梅從繁怡齋傳過話來，後方才有眾者離去馨覺苑，熙熙攘攘地朝門府正堂走去。

第十八回　東隅明府道壽宴　莫入塵世哀怨提

有詩云：

玉殞珠沉思悄然，明中流淚暗相憐。
常圖鸞鳥花樓下，記效怡苑翠目前。
只有魂夢能解語，更無心緒學非煙。
朱顏雕盡歸塵土，脈脈空尋再世緣。

只見這正堂東西兩南角的懸樑處掛有紅綠色的畫眉鳥，朱紅色的石柱上則為形狀各異的「富貴耄耋圖」，圖中或有盛開的牡丹，或有展翅的飛蝶，其旁為額手書寫的賀貼，且其中一處寫道：蓬萊仙境幻蜃樓，南極星辰恰斯人。

走進正堂時，又忽見內堂的四周皆有鸚哥懸掛於下樑石柱上，案臺上已有擺好的各類水果，且這案臺六十公分有餘，乃青絲玉翠而制，上鋪有朱紅色的布錦，布錦上則為刺繡的「壽辰祥雲」圖，且針跡整齊、繡面平服，座屏陳設於北側的案幾上。

後方又有容若、何濯、李蓉、菱綺等人繞過東側的二間套房，由北側的券洞穿過座殿，方才來到正堂，時下皆已晌午，案臺之上早有擺好的宴席及一些茶果之類的東西。再說這邊，明珠見容若、何濯等人到來後，方才介紹道：「這是你尚部閹書倧二叔，相府李斯李二哥、薛平哥、蓉大哥、蓉二哥、嚴三弟……」當下便有容若及青衣、何濯等人先後拜道：「倧二叔好，李二哥好，薛平哥好，……。」倧茙、李斯、李桐、薛平、薛藍、元初、蓉莀等人聽罷後，皆一一應答。

卻說容若、明慧、青衣、倧茙、李斯、元初、蓉莀等人相互拜見後，眾人方才引座，只見：明珠、羅母、閻夫人、荀盂等人坐於左一，玳萱、雪二姐、祗夫人等人位於左三案旁，雪珍、青衣、明慧等人坐於西側後二排右三，蘭老爺、尚部閹書倧茙位於前排左二，雖一再推讓，後見執意不過，便坐了下來。容若、李蓉等人則坐於右二，與青衣、明慧坐席相挨，菱綺、何濯及教書先生坐於東側後排右一。

後又有西側五排分別坐於李斯、李桐、何雯、薛平、薛藍、薛建等人，東側四排則坐有元初、嚴荇、嚴旭、及蓉寧府人蓉嵐、蓉莀、白梅、千雪等人。雁葉、冬梅、芷蕊、雨萱、雪菁等數位丫鬟及賈嬤嬤、臻嬤嬤、熏嬤嬤等人則立於案旁。

只見眾者食下前菜三分之時，便有眾位府廝前來案旁將其撤下，後又有丫鬟們從繁怡齋、蜀馨齋端來禦菜六品及杜康惟酒。又有眾者食下禦菜四分之時，卻見幾位嬤嬤們將其撤下，數位丫鬟則先後端來餑餑六品、膳湯六品、蜜餞六品、山珍六品、烤烤六品、海鮮六品、醬菜六品。最後方才有冷玥端來壽司面圃，且壽麵三尺有餘，每束皆百根以上，盤成塔形，

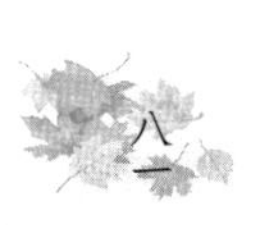

上罩有紅綠色的拉花，朱紅色的匾碗處刻有「福壽」二字。

誰知正當明珠吃壽麵之時，卻見玳萱那丫頭跑了過來，說道：「不妥，不妥，如今這吃壽麵的，哪有不先去去舊氣就開始吃的。」說著便讓雪菁倒了三杯酌酒，取其「一酒去舊風，二酒迎新氣，三酒祝康壽」之意。後方便有雪二姐解釋道：「玳萱那丫頭是按照我們那的規矩，倒可不必放在心上。」

明珠聽罷則笑道：「甚好。如今難得玳萱還記得這風俗，倒也不枉了她這片心意。」只見明珠與其人相乾後，方才吃下這壽麵。

原來這玳萱乃雪珍之女，且為西陵穆府二家小姐，早日裡則與東隅明府相應，橫連整個唐硯街。後因門府案牽連，放才將穆府從其旁隔離開來。如今只剩有幾排座房和數間亭閣，位於明府西南方處，倒是比往昔淒涼了些許。時下裡，玳萱的父親穆漢元雖是倖免，卻被貶到了吳縣，恐數年之後方能倖免，府中唯有雪珍、雪二姐、玳萱、玳蓉及依夕、夢琪、子衾等數位丫鬟。

卻說那日，玳萱之父漢元被貶之時，雖有明珠、熙老爺等人一再求情，倒也無濟於事，後方才有羅母將玳萱、雪珍等人接到府上，但雪珍卻婉言相拒，唯將玳萱暫寄於明府，倒是圖個熱鬧，日後再有個什麼事情的，也好有個照應。卻說這玳萱到明府後，羅母見其乖巧機靈，且記憶非凡，又因帳房財物一事時常操心不下，便讓玳萱同祗夫人，一併掌管賬目一事，時年玳萱已有十五來歲。

再說這邊，眾者離去之後，又有府廝從南側大門傳來話說「內務侍郎荀侼文到。」只見明珠、玳萱、羅母、容若等人來到正門後，方見荀侼文從其旁的帳轎中，走了出來，且這帳轎皆以金羅緋稠搭邊，薔金絲製成的長鱗花綴苒鑲邊墜於帷帳旁，赤凰色的藤子渲居左右。

後方又見侼文端來一金絲帛巾欲蓋的壽禮，原來這內務侍郎則是奉皇帝之意前來送上金匾獅壽一頂，當下便有侼文說道：「如今相叔過壽，倒是苦了我們這些做內務的，除了他日裡的事物外，還要忙於壽作。」明珠則說道：「時下，少帝還為年輕，內府之事恐還需多多操心。」後方又有明珠問道：「新帝有沒說些什麼，近日可也安詳。」侼文聽罷則是一一應答。

卻說明珠謝過之後，方才有侼文那旁離去。只見這送來獅壽：頭披簪花穗條般金絲，兩道赤金色的濃眉泛起柔柔的漣漪。項繫赤紅色的緋稠錦緞，兩隻金鑲欲凸般的眼睛似有一絲紅寶玉石點綴其裡，鼻樑處雖有珠滴隆隆鼓起，卻溫不失雅。足跰處半曲而立，更是可見一斑，其側背上則銜有「福壽安康」四個大字。

第十九回　玳萱訴說沉香迷　青衣回府道愁離

有詩云：

春深煙草碧紛紛，淚灑東風憶思君。
見說曉來花如月，虛疑神女解為雲。
花陰晝坐閑金剪，竹裡探春冷翠裙。
留的丹青殘錦在，傷心不忍讀回文。

且說明府壽宴後二日，仍有陸陸續續前來送壽禮的，直到旬日之後，方才清靜下來，時下已為月末。雖說馨覺苑那邊清淨了些許，如今這帳房倒是忙乎了起來，況每到歲末月初之時，都會有帳房的孱頭、算盤，蕙兒、蘭兒等幾位姑娘及其他幾位嬤嬤將這個月的開支算出來，然後讓祗夫人、玳萱二人過目。且二人看後，方可將這賬目交給羅母一份，帳房則另留一份。羅母過目後，再交給閻夫人，並讓閻夫人以此保管，以防日後其他事端。

如今這帳房除了每次算繁怡齋、蜀馨齋、芙蓉閣、逸雨樓、馨覺苑、怡馨苑、葴廂苑等處賬目後，還要支算明府的壽宴及其他一些事物的開支。雖說這些開銷皆有帳房直管，倒是每到月末之時，顯得格外忙乎。

再說芙蓉閣這邊，只見雨萱、子衿二人走進屋中，欲方曬被褥之時，卻見容若側躺在帳房內，未有任何起動，且時下皆已隅中。雖有雨萱、子衿二位丫頭前去勸說，仍無濟於事。這雨萱、子衿二人見狀後，雖知是因為前日青衣回府之事，倒不知當下該如何是好。後又見雨萱那丫頭在屋外輕聲說道：「如今青衣那姑娘一日不回來，恐怕容哥將一日難寢了。到頭來再鬧出個什麼事端，該如何是好。」子衿聽罷後說道：「倒不如把明慧那姑娘請來，把事情的原委給她細說下，也好有個商量的對策。」

雨萱則說道：「甚好，這樣一來，倒也可以讓明姑娘治下少爺的病端了。」只見二人說罷後，便有子衿穿過一方虹橋，朝逸雨樓走去。

原來那日，明珠過完壽宴，便有青衣辭去了數日，只因青衣在府上多以針線為活，雖有那日明慧送來的一些的針線，卻多不符合要求，況種類又少，當下便向羅母、明慧等人辭別。羅母見狀後也不便推辭，只是讓青衣在路上多加小心點，後又讓雁葉及幾位府廝一起陪同去，也好有個照應，卻見青衣婉言相拒，只帶了來明府時候的貼身丫鬟姣菡及他日羅母外加的丫鬟冷玥，怡罄苑內則只留有綺夢及數位嬤嬤。

只見青衣自離去之時，已有數日，如今卻杳無音信。雖未見姣菡、冷玥二人前來報信，恐已是凶多吉少。卻說子衿穿過虹橋後，又走了數百步，方才來到逸雨樓。只是見這逸雨樓的前院空蕩蕩的，唯有一些凋落的花瓣，屋簷下面著曬的鶴翎也沒人管。後方走進屋時，也

沒見到個人影，且榻上的被褥也都收拾了乾淨，倒是比往昔淒涼了些許。

這子衿雖是覺得新奇，恐多半是趁著今個的天氣，把過冬時的一些衣服棉被什麼的都拿了出來，到後院裡去著曬。卻說子衿繞過前院的三排座房，又穿過一間垂門花樓，方才來到後院。雖見雪菁、春鶯二位丫鬟正在後院裡面忙著收拾東西，倒也未見明慧及其他人，這雪菁、春鶯二人見到子衿時，方才停了下來。

誰知當子衿問起明慧的時候，卻見雪菁說道：「明姑娘這會倒不在逸雨樓裡，只是早些時候吩咐說趁著今個天氣好，把往日的錦棉狐裘、錦緞羅紗以及一些被襖、棉褥什麼的拿出來曬曬，說是日後還用得著，之後便出去了。只是當時見明姑娘走的匆忙，想必是有什麼急事，也就沒再多問些什麼。」

子衿聽罷，倒是覺得有些蹊蹺，如今這前腳剛踏出芙蓉閣半步，竟又碰到明慧這門子急事，倒不知是要鬧哪一齣。當下也只能暫且回去，另尋他法。只見子衿剛走出逸雨樓，欲方離去時，又見一身穿嫩紫綢子明花薄上衣，下著藤青曳羅靡長裙，且手中似拿些閉卷類的東西，從書堂那邊走來。定眼細看時，乃知是玳萱，如今這子衿心裡倒是個沒根的主，心裡雖憋得慌，卻沒個素說。今見玳萱走來，倒也有個商量，於是便把這事情的原委給玳萱道了個明白。

玳萱聽後則說道：「我正是為青衣那事來的，如今聽你這麼一說，倒也知道容若正傷在心頭。但這青衣之事，雖有些眉目，卻不知是為何故，只是昨個出去的時候，卻在無意間聽到街上有人說在沉香隅那邊有一群土匪綁了幾位姑娘，我仔細一想，那沉香隅不正是當日我們去倘府所經過的地方，莫不成是青衣那姑娘出了什麼事端，只是咱們平日裡也未曾得罪過匪子們，怎麼這會就惹了個這樣的蜂窩。後又問了祗夫人、芷蕊等人見青衣回來了沒，大家也都說好幾日沒有見到青衣了。

如今這事還暫且瞞住容若，唯恐他再為之擔心，鬧出個什麼事情來。且這事情的原委我已經給夫人細說了，如今已有幾位府廝前去倘府了，快了晌午便可回話了。」

子衿聽後，這才放了一多半的心，後方又有子衿提起明慧時，卻見玳萱笑了起來，說道：「你還別提明慧那姑娘，今個兒倒是來勁了。只是早上出去的時候正碰見明慧那姑娘，一大早急急忙忙的，還以為是什麼要緊的事情呢，原來是昨個去唐硯街那旁買藥材的時候竟把夫人送她的玉簪落到了那裡，如今正忙著去找那東西。」只見二人說著朝芙蓉閣那旁走去。

第二十回　緋羅綃衣金鸞鳥　海棠流鶯湮語圖

有詩曰：

枳棘原非楓所棲，求凰因使路途迷。
生前結下姻緣債，藉口賢人賦犫兮。

這邊玳萱、子衿二人到達芙蓉閣時，皆已晌午。又見雨萓在前院正忙著曬些茶絲、榆錢之類的東西，便有玳萱問：「如今容若怎樣，近來可有何事發生過。」雨萱則回道：「正躺在榻上悒悒不樂呢，說什麼也不聽，恐多半又是在鬧彆扭。只因昨個又聽說蔫芹辭去了幾日，如今這姣菡、冷玥雖是沒得問，倒又走了一個，傷感之處恐多。」

只見雨萱一邊說著，一邊引著玳萱朝屋裡走去，後便喊道：「容哥哥，玳姑娘來看你了。」容若聽罷，只是側了側身子，玳萱見狀後，則笑道：「什麼事情竟讓我們家的公子這樣的巴巴不樂，況自打我來這明府之時，還未曾見到過有這般狀況，倒不知是為何故。」

容若聽罷，則偏了偏身子，說道：「他倒是什麼事也不放在心上，如今青衣離開已有數日，也不管不問，蔫芹離開時，也隨著他去。我說什麼倒也不聽。」玳萱則說道：「賢弟息怒，夫人恐多半是因為近來多忙，況近幾日又碰巧月末之時，賬子那頭雖還沒有算出來，倒是碰到這事那事的，所以也就沒放在心裡頭。如今這青衣一事，已派人去侗府問了，想必這會也該來回話了。」

容若聽罷，心頭倒是一暖，便從榻上跳了下來，又問道：「可有青衣姑娘的一些消息沒。」玳萱說道：「消息倒是沒什麼，恐多半是因為青衣離開侗府的這些日頭，眷戀故地、顧念舊情，便多留了幾日，說不定這會正在路上呢。」

容若聽後雖是有些放心，倒還覺得有些奇怪，便說道：「他倘若真的在侗府多留了幾日，為何不讓姣菡、冷玥或者侗府的府廝前來報個信呢，如今青衣離開明府已有數日，倒像個沒個人的主，這會兒恐多半是凶多吉少了，還不如前去侗府問個究竟。」玳萱、雨萱二人聽後則急忙勸道：「時下皆已晌午，待會兒夫人那邊傳過話來，該如何交代。況且已經有府廝前去侗府詢問了，也不急著只差這一時半刻的。」

容若則說道：「他若不問，也罷。若是要問來，只說我去侗府尋人了。平日裡只是見他隨著別人來，這會兒倒又問起事端來。」玳萱道：「且說昨個去馨覺苑那邊給夫人說這事的時候，還見夫人忙著給倧府做壽呢，賬子那頭也催著要，這會兒恐多正忙，不記之事偏多，倒可不必放在心上。」只見二人說著，又有子衿端來沏好的茶，說道：「玳姑娘坐。」

於是便有玳萱那旁就坐了下來，後又有容若見玳萱手中拿著東西，便問道：「卻不知姐姐手中拿的是什麼不可見人的寶貝，如今竟有這般的不捨。」玳萱則笑道：「他若是不可見

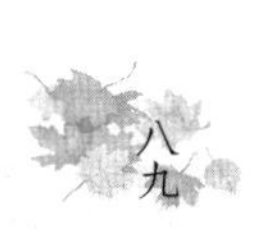

人，我倒也不會這方拿在手中了。只怕早就另藏他處了，又何必讓你這等的看到。只是來的時候，在書堂那邊撿到的，卻不知是誰這麼不小心丟在了那裡。」說著便把手中的寶物放在了案旁，後有容若細看時，乃知是一幅海棠流鶯湮語圖，且圖中的海棠皆已凋落，黃鶯兒則棲落枝頭，似有鳴語，卻已無力周旋，圖的兩邊則有早已題好的詩題，只見：

情依欲演南夢樓，百媚琨璃顯金蓬。

容若看後則說道：「好生的奇怪，倒像是在那裡見到過。」玳萱道：「你若是真的知道它，倒還好些，省的我再私下裡一個個的去問，只是讓他日後多注意點，下次恐怕沒這麼幸運了。」容若道：「只怕是他一時不小心才丟下的，他若是知道自己丟了這東西，這會兒恐怕正急著找呢。」

後又有玳萱欲說時，卻見薰兒從繁怡齋傳過話來，玳萱則說道：「時下皆已晌午，也不能拿著這圖就去繁怡齋，再說眾人見了問起個事端來，也沒這個理，倒不如暫且放到你這芙蓉閣裡，等他日閑了，再來拿也不遲。」

容若聽罷，那還有推辭之說。且說那日在怡馨苑見青衣刺繡的「緋羅綃衣金絲鸞鳥赤鳳圖」更是喜愛有加，如今這幅「海棠流鶯湮語圖」雖說沒有刺繡的那般妙筆傳神，倒也像是如獲珍寶那般的惋惜，當下便說道：「姐姐暫且放心，如今在我這兒，少不得有任何的丟失。只是日後若有人能認得這圖，倒還說得過去，倘若他連這圖也不曉得，恐多半是在杜撰，還不如留在我這苑內，作個紀念，等日後回想起來了，也不枉白苦了姐姐的一片心意。」

玳萱見容若這般的喜愛，便不再推辭，只是說道：「他日若是真的有人識得這圖，恐還須歸還，若是無人識得，便隨你就是了。」容若聽後說道：「甚好。」

再說容若、玳萱二人前去繁怡齋時，仍未見明慧回府，倒也有些奇怪，後有見羅母問起來的時候，卻有玳萱說道：「今早出去的時候碰到明慧那姑娘了，說是有些要緊的事情要辦，又見她那般的著急，也沒再多問，只是見她和一個丫鬟匆匆忙忙的朝那邊走去。」

雪菁見狀後，也未敢多說，只是順了玳萱的話，說是見明姑娘走得匆忙，沒來得及問。羅母聽後，倒是有些擔心，如今這青衣一事，雖是已有府廝前去詢問，倒也沒個底信，今又見明慧忙裡忙外的，竟連個話音也沒的說，他日也未曾見有此狀。當下便吩咐了幾個丫鬟和嬤嬤，前去尋找明慧。

誰知羅母的話音剛落，便有薰兒從那邊傳來話說：「明姑娘到。」

第二十一回 侗府鬧瘋癲癡案 未識陷沉香隅坎

有詩云：

東隅昏後蕭風綠，紅塵枉事皆惘虛。
滿懷儘是心腹事，及至相逢半無句。

玳萱一聽明姑娘回來了，心裡暗算，想必定是那髮簪找了回來，只是待會夫人問起話來，倒不知該如何應答。雪菁雖知昨個明姑娘去藥鋪買藥材的事情，倒也不知如今又為何急事，只是從玳萱、子衿二人的話語中聽出了一二來，也不敢多提半字，唯恐鬧出個事端來。時下只有容若不知這事情的原委，反倒圖了個清靜。

卻說明慧拜見羅母、閻夫人、玳萱等人後，方才有羅母問起是為何事，竟如此的急忙。卻見明慧說道：「只是昨個覺得身子稍有不適，便讓雪菁熬些平日裡所用的湯藥。誰知這茯苓、黃芪、萎蕤皆剩少數，又讓春鶯去問榛嬤嬤那裡是否還有，只是見春鶯回過話說，也已經用完了，當下已讓人去取了，恐還須幾天方能用得上這藥材。後方才讓蘧兒那丫頭跟了一起去藥鋪那邊暫先取些藥，等日後了再去榛嬤嬤那邊拿些便是了。誰知那日走的匆急，竟把髮簪忘在了那裡，又見姑媽近些日子忙裡忙外的，便因一點小事情，未敢打擾。」羅母道：「找得到也罷，若是沒找著，等日後我再多留一個於你就是了，只是這日後還要多注意點。」

明慧道：「倒是問了那管事的，只說是沒有見到那東西，又問那裡幾個丫鬟，也說沒有見到，想必定是什麼人撿了去，又不敢多作聲張，私下裡把那髮簪給當了，後又問了那附近的幾家當鋪，方才找到，說是那日見一男子拿著髮簪當了幾百兩銀子，之後便離去了。如今這髮簪雖是找到了，倒是折了些銀兩。」

羅母道：「也好，權當買個教訓。只是他日還須多注意些，再有個什麼事情的，多讓丫鬟、嬤嬤們辦就是了。」明慧聽罷，也未有多說，只是順了羅母的意思。

後又有羅母提起青衣一事時，卻見玳萱說道：「如今這派去的府廝也應該快到了，恐怕這會正趕在路上，只等著回話呢。」

這邊，容若聽後，雖未多說些什麼，倒可見得有些悒悒不樂。只是在飯後回到芙蓉閣時，私下裡讓雨萱去莀廂苑、馨覺苑那邊問個明白，又讓彩頭、饞頭二位府廝前去侗府探個究竟。誰知正當饞頭、彩頭外出之時，恰有詢府的那幾位府廝急急忙忙趕了回來，當下便有彩頭、饞頭問了個明白，後方才有二人回了容若的話。

再說彩頭見了容若後，說道：「回少爺的話，卻見那詢府的回話說，只是見青衣回侗府待了幾日，匆匆忙忙拿了些東西，便走了。後又有姣菡、冷玥二人去過侗府一次，說是按照

青衣姑娘的吩咐拿些東西。雖說這明理上是拿些東西，倒是見姣菡、泠玥二人很著急的樣子，侗府的幾位嬤嬤們便多問了幾句，也沒見姣菡二人有何應答，如今這侗府的幾位嬤嬤們也知道是青衣吩咐來的，況姣菡乃侗府上的原配丫鬟，便不再多問，只由著他來，這會兒已有數日了。」

容若道：「府上的幾位嬤嬤們可曾知道泠玥二人拿了些什麼東西，又朝那裡去了。」彩頭道：「問是問了，只是聽那邊的嬤嬤們說倒是把家裡像樣的幾樣東西拿走了，之後就不知他向了。」

這容若聽罷，倒也覺得有些奇怪，便讓彩頭、饞頭二人那旁去了，只是吩咐說別人問起來，權當不知此事，二人遵了命，方才辭去。後又數會，方有雨萱從萇廂苑那邊回到芙蓉閣內。容若見雨萱急急忙忙的樣子，想必定是問出了什麼事情來，便問雨萱道出個事端的原委沒，雨萱說道：「聽萇廂苑那邊的說，青衣多半是和未識一樣，被人綁了去，說是讓人多拿些銀兩贖回來，便是了。」

容若聽罷雨萱的回話，更是驚訝：「如今好端端的，怎就被人給綁了去，他若沒去招惹誰，怎就鬧出了這事端。」雨萱道：「容哥有所不知，聽玳萱那邊的傳話說，青衣在回侗府的時候恰巧碰到了侗嗇在侗府裡鬧事情。如今這侗嗇已為何人，想必你也知道。自打侗嗇襲位後，整個人卻跟變了個似得，且不說把蕙荔休了，倒是個心中沒人的主，雖娶有二房，也很少回去過，只是整日裡逍遙在春風樓裡。家裡的財產也敗的差不多，官位丟了暫且不說，倒是可憐了未識那姑娘。」

這邊容若見雨萱滿頭大汗，便讓子衿端來一些茶果，並於雨萱那旁就坐後，方才問起：「竟有這事，只是前段時候還聽說個啬仗著府中剩下那點勢力和錢財，買通了官吏，如今也已是得了一官半職，這會兒怎又鬧起了事情來。」

雨萱道：「他若是真的買了那官，倒也好說，只怕是為了他那勾當，才不得已落下了那一官半職，如今事情雖已敗露，倒是連累了青衣和他人。」容若道：「竟為何故。」雨萱道：「聽府上的幾位丫鬟們說，青衣剛回到個府時，就聽說個啬雖是罵了未識那姑娘，後竟動手打了起來，還罵未識和那蒹葭一樣，是個不能生的主，硬是要把未識賣到他處。如今這價錢早已談好，只怕是未識聽說了此事，一時難忍此氣，方才跑了出來。

後由未識身邊的丫鬟道明，青衣方才知曉此事，只見那休書也早已寫好，就怕未識那姑娘簽字了。誰知這事還未等商量，當夜又有那邊的幾個過來要人，說是一刻也不能差。況且個母這會也不在府上，凡事竟由著個啬亂來，如今未識算是倒楣，被賣到了他處。

青衣知道此事後，又幾次打聽，方才知道是沉香隅那旁的一股土匪惹的事端，想必這青姑娘讓姣菡、冷玥二人回府拿些值錢的東西，也是為了這事。且不說能不能把未識給贖回來，只是她沒想到，這沉香隅那旁的土匪，那是個好惹的主，恐怕青衣、冷玥等人雖是沒把未識給贖回來，倒把自個也連累了進去，這會兒只等著徊府拿銀子去贖呢。」

容若聽罷，當下便心尖兒的冒起火來：「如今竟有這事，可知是哪家做的這一門子缺德事。」雨萱道：「哪家的倒還不清楚，只是聽說被這土匪給劫了去，恐怕這背後還有些事端，想必這會兒應該有人去打聽了，夫人那邊已經知道此事了，說是倘若能贖得回來，折些銀兩也就是了，只是他若不肯，怕是要鬧到衙役那邊，吃些門子官司案了。」

第二十二回　千里沉香送錦羅　楓香輕韆落窟窠

有詩云：

長風多，雨相合，窗外芭蕉兩三棵，夜長人奈何！

未語嗦，人情薄，千里沉香送錦羅，輕韆落窟窠！

且說容若知曉青衣的事端後，當下便急著拿些銀兩去贖回青衣、未識等人。雨萱則說道：「如今這事情雖有些眉目，倒是這事情的原委還沒問出個明白來，只怕是這會兒正等著侗府的人去呢。再說了，那個嗇卻萬萬沒想到，青衣這樣一鬧，他不僅沒撈到銀子，反倒是要白白折陪些銀兩，如今這個嗇去不去還沒得說，只怕是日後侗母知道此事，怪罪下來，恐怕侗府上下沒個交代。

倘若侗府的人去了，日後再鬧出些事端來，也不是沒這個理兒，只是怕到時候也沒這麼簡單。如今玳萱和夫人都已知此事，只等著侗府的人來，有個商量，方才把青衣、未識等人給贖回來。」容若道：「只是等侗府的人來了，倒不知已為何時，如今這綁人的不就是想撈些銀兩，多給他們些就是了。」

雨萱道：「少爺有所不知，這綁人的雖說只是為了撈得幾兩銀子，如今未識倒是有冤無處伸展，反而枉費了青衣的一片苦心。但這綁人的倘若真的只是為了撈得幾兩銀子，為何又把冷月、姣菡二人也綁了去，倒是連個報信的主也沒的著落，又何苦枉費了那般辛苦的打聽，再說也沒這個理兒。只怕是這背後還有些事端，恐多半是與那官府有所勾結。」

容若道：「倒不知又有何勾結，如今這普天之下，莫非無王法，竟有這般亂抓人的？」。雨萱道：「你且莫問這事情的原委，只是多會兒你便詳知此事了，想必定會有人告知的。」只見雨萱說罷，便和子衿一塊朝後院那旁走去。容若雖知雨萱的話中有話，倒不知這話中的原委竟為何故，如今雖說還未知這事情的原委，倒也已知這事情的八九了，只是這背後的主子，成了一個難纏的苦頭，沒得著落。

且說雨萱、子衿二人離去後，又見幾位嬷嬷們從那旁走來，說是按照玳萱的吩咐，且當下已為春後，把過冬時節的一些爐火炕子暫時搬到莀廂苑那旁的一殿廂苑內，等過得了秋，再搬進芙蓉閣內。只是這新的雖沒得說，倒是舊的能修補的修補，不能修補的搬到繁怡齋那旁的柴火處。若是誰要，拿去就是了，倘若這舊的也沒得要，只能當做柴火補子，燒了便是了，等過冬的時候，再補添一些新的炕子，以舊換新。

容若聽罷倒也沒得說，只是順了這幾位嬷嬷的意思。誰知這幾位嬷嬷還沒得開始搬，卻聽見屋子外頭喊了起來，後方細看時，乃知是玳萱。只見玳萱匆匆忙忙趕了過來，說道：「夫人吩咐了，只是把舊的一些爐火炕子搬到莀廂苑那旁，新的暫且放在各自的閣子裡頭。省得到時候，再搬來搬去的，舊的雖是沒得說，倒是把新的再搬壞了，恐怕夫人責怪下來，也都沒個交代。」

這幾位嬤嬤聽罷後，也不敢多作聲張，只是按照玳萱的意思，把舊時的幾個爐火炕子搬了出去。卻說這幾位嬤嬤離開芙蓉閣後，方才有容若讓身旁的郢嬤嬤端來沏好的茉莉春筍茶，並與玳萱那旁就坐。只見玳萱說道：「如今這幾位嬤嬤無非仗著自個的年齡，到了別人那兒倒可不聽，只是在我這，門兒也沒有。若再不使用她們，恐怕日後了反成了我們的主子。今兒把話擱在這，誰是誰非看清楚，別到時候連自個的主子也分不清。日後還想在明府待的，就規規矩矩的辦事，銀子什麼的一分也少不了，倘若再擺出什麼架子來，心走人不留。」

容若聽罷，方才知道玳萱是為前幾日的事情氣在心頭。且說當日玳萱讓芷蕊去傳達吩咐的時候，這幾位嬤嬤仗著芷蕊只是個毛頭丫鬟，多說了幾句不好聽的話，誰知那芷蕊一聽，倒是來了勁，回去便把這事情的苦忠告訴了玳萱。玳萱聽罷，當下便冒出了火來，只是那幾日又忙於府上的事情，也就過去了，如今見了這幾位嬤嬤，反把賬頭算了進來。

容若當下便說道：「玳姐姐息怒，如今這幾位嬤嬤雖是有些仗膽，恐也是耳目蛻化之故，方才落下的這病端，倒可不必與他們這般的計較。」

玳萱道：「他若是真的蛻化了，倒還好些，只怕是什麼事情聽得比別人還清楚。這府上頭的事情，又有那件不是他聽了去，然後道給別人的。如今我倒是還沒出這明府的門，就已

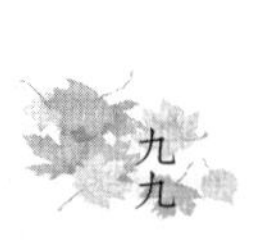

聽到了外面的人指三道四的。這府內又有誰人不清楚是這幾個嬤嬤們整日裡閑得慌，私下裡打聽府內的事情。只是大家都仗著他們的歲數大，便不再多說什麼。只怕這日後，再碰到那個丫鬟或者那位府廝，與那婆子們多說一句話，同樣是心走人不留。」

後方有雨萱、子衿二人從後院那旁將晾曬的被褥收回時，卻見玳萱那般的生氣，當下便有子衿讓郢嬤嬤把前院晾曬的茶絲、榆錢收回來。玲嬤嬤離去後，又有雨萱問道：「倒不知是何事竟讓姑娘這般的惱怒。」玳萱道：「還不是後院那邊的幾位嬤嬤們的事，整日裡說三道四，如今連外面的人也都跟著說長道短的。」

雨萱道：「原來是為那幾位嬤嬤們的事情上了心頭，且不提私下裡他們是怎麼說的，只是那會去你那莀廂苑的時候還聽見她們在議論青衣的事情呢，如今府上的事情隨便說說也就算了，只是這外面的事情怎由得他們亂說。」

玳萱說道：「你還別提青衣那事，只是倘府的人剛走，我這前腳跟兒似得，就來到了你這芙蓉閣內，只是看見那幾位嬤嬤，心裡便來火。」

第二十三回　假借事端風後事　觀著容顏便須知

有詩云：

往事迢迢徒夢癡，銀箏斷斷連珠肌。
入門休問繁枯事，觀著容顏便須知。

容若聽罷便問道：「佪府的人來作甚，若不是那日他們與佪嗇串通一氣，背著外人，又為何做出那門子的勾當來。」玳萱道：「佪府的人也是為這事而來，聽佪府的來人說那日之事完全由著佪家少爺亂來的，府上的丫鬟們、嬷嬷們、和幾位府廝們也都毫不知情，雖是夜裡聽見梶亭樓處有幾聲呼喊，後又敲響了幾聲竹梆子，以為是夜裡巡邏的更夫，也就沒放在心上。只是二日，誰也沒想到竟為這事。眼下這背後的主子也已經查出來了，是玳府的二少爺玳善。這事情的原委乃當日佪嗇去春風樓時惹下來的。」

話說春風樓裡有一位名叫葒萱姑娘，乃春風樓裡的名角兒，長得是風姿綽約、矜絕代色，且見這葒萱：

瓠犀發皓齒，雙額顰蹙眉，丹唇延外朗，素膚如凝脂。
螓首胼晨曦，領如芷蝤蠐，束腰宛約素，巧笑盼倩兮。

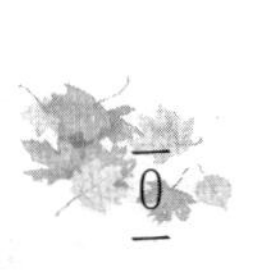

且說這莊菅曾於佪嗇多次邂逅，雖這莊菅不是佪嗇的門房正媳，倒也可以說是紅顏知己了。只是那日佪嗇去春風樓之時，恰巧碰到玳善在樓裡鬧事，這玳善是為何人，想必眾人心裡也都明白，雖說不是什麼惡霸，只是和那菡仲一樣，仗著府上的勢力，是個沒人敢惹的主。誰知那日玳善到春風樓後，偏就看中了莊菅，且不說花了幾百兩銀子，硬是要把莊菅買入府中、納為二妾。這莊菅雖是心裡沒個底細，只因原本就無意於他，況這春風樓裡也無此規矩，便一直推罷此事，百肯不依。

後來這事情竟被春風樓掌勢的王瑰婆聽說了，硬是仗著玳善那人惹不起，同意此事，那玳善一聽，當下就賞給了王瑰婆些銀兩。這王瑰婆雖說拿了些銀兩，只是她沒想到，這莊菅雖然平常風流了些，倒是個有骨氣的主，以死相逼，卻也沒得商量。

再說那日，佪嗇剛到春風樓時，就聽說了此事，後又知曉莊菅一直推辭，竟以死相逼，心裡甚是惋惜，便心底裡以有意於他為由，跟玳善打鬧了起來。這玳善仗著自個人多勢眾，當下便把佪嗇打了一門子的冷子釘，後有王瑰婆、莊菅二人的求情，方才制止住，只是這莊菅卻被玳善等人給強行帶走了，正等著佪嗇前去解救呢。

且說佪嗇的心裡也都明白，要去救莊菅，並非那般的容易，只怕到時候卻因莊菅百般的不依，鬧出個人命來，也不是沒有這個理兒，只是若要化解此事，恐還需他方之計。誰知後二日，那玳府的就遣人送給佪嗇一封書信，說是只等什麼時候湊夠九千九百九十九兩銀子，並且身居官爵之襲，方可救出葒萱。且為十日的期限，倘若過了這期限，後方之事也就不好說了。

那侗薔看罷此信雖是應了答，只是心底兒也未曾明白這所謂的「九千九百九十九兩銀子和官爵之襲」究為何意，後又將此事告訴了素日裡來往秣絡、賈仲二人，這二人聽後也都不曾知曉，只見那賈仲說道：「他若是真的能以『九千九百九十九兩銀子和官爵之襲』來換取葒萱，又有何而不為。」侗薔聽罷，也不曾多想，當下便送給秣絡、賈仲二人一些銀兩，後又送來侗濟生前藏下來的幾幅〈通寶玲瓏〉禦畫及白壁一雙，說是以買官爵之用，秣絡、賈仲二人雖說答應了，也只是試試，倘若能通融關係、買得下一官半職的，也就過去了。倘若真的買不來這官爵，銀子什麼的還是完好無損的送回來，就當念別日兄弟之舊情，侗薔聽後，甚是感動。

再說賈仲、秣絡二人，雖是花了重銀買通了官吏，得到了一官半職，卻沒想到，反被落了個盜用官銀之名，罰了些銀兩不說，還丟了官職。如今賈仲、秣絡二人被貶到了他處，只等日後的幸期。這邊侗薔知曉此事後，甚是痛惜，後又寫信給玳善說願意拿二房的未識及「九千九百九十九兩銀子」來做交換。玳善看後，雖說答應了，只是提出了一個條件，說是事已至此，也不便多瞞什麼。只怕到時候把這事情的原委洩漏出去，日後也不好交代，便佯裝讓侗薔以贖賣未識為由，來做交換。

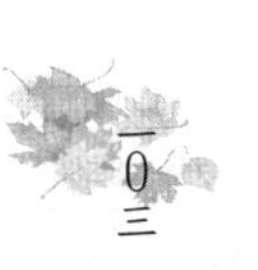

侗畜看後，甚是高興，當下便遣人將那「九千九百九十九兩銀子」送了過去，雖說銀子是送過去了，只是這葫蘆裡賣藥，不知底細。侗畜也萬沒想到玳善究為何人，恐這會兒也正等著侗府去送人呢。

後方才鬧出了那日的事端，未識雖說是以假借之名，被賣到了沉香隅。倒是青衣、姣菡、冷玥三人也被連累了進去，如今玳府又傳話說，若要贖回青衣、姣菡、冷玥等人，只讓侗府的人多備些銀兩。

第二十四回　紅顏付諸載流漱　片朵累骨醉塵橋

詩曰：

尋春須是先春早，看花莫待花枝老。
階落數萼悵逝去，花盡枝頭暮樹梢。
紅顏付諸載流漱，片朵累骨醉塵橋。
不等冬去他日襖，已盼春來歸時瞧。

且說那日容若知曉事端的原委後，當下便急著讓彩頭、讒頭二人前去玳府打聽這背後隱藏的真委，後有玳萱道：「如今馨覺苑那邊也早已知道此事了，這會兒恐怕正急著派人往玳府那邊趕呢。只是這事情的原委還沒查出來，誰也不敢多自作主張，倘若這事情的原委果為其真，到時候去玳府上走上一遭，賠禮道歉，多給些銀子便是了，想必那玳老爺不給個府面子，總不會擺著架子，連明家面子也不給吧。」

容若道：「俗話說『不是冤家不聚頭』，既然玳府能做出這樣的事情來，又為何背著大家秘而不宣呢，他若是沒做過什麼虧心的事，就不怕背後裡指三道四。」這邊，雨萱聽罷，也跟著說了起來：「如今這事情原委也已知曉，恐八成為玳府所為，只是他不肯讓別人知道，

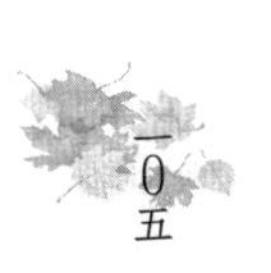

就怕這背後裡多有見不得人的事，倘若這背子裡的事情被穿幫了，那還輪到他這般的逍遙自在，況且倜老爺在世的時候，那還輪到給他這般的賠禮道歉。」

誰知雨萱的話音剛落，便有祗夫人、芷蕊二人從庭院那旁匆匆趕來，說是前去派往玳府的人回話了，只因那玳善只說這事兒與他無關，又說那日從沉香隅經過時，恰巧碰到一幫綁匪劫了幾位姑娘，後又派人追察的時候，卻沒了蹤跡，只見那綁匪留下一張字條說是要想救出這幾位姑娘，需多準備些銀兩，且在三月十五日的春風樓裡做交換。後又讓人問了玳老爺，那玳仲也一直庇護著自個的兒子，誰也拿他沒辦法。只是不知道那倜府過來的人，可是全委的交代，如今這事兒已經報給官府了，衙役那邊也傳來話說正在調查此事呢，且時下已過旬日，夫人那邊也正等著和大家過去商量呢。

後又有祗夫人先讓芷蕊陪著玳萱去趟帳房，把來時交代給芷蕊的賬目冊子一塊給羅母送去。自個兒倒是忙著先去趟逸雨樓，後了再跟著過去，說是那日去藥房拿藥的時候，見了榛嬤嬤，那榛嬤嬤說明姑娘平日裡用的藥已經到了，只是這幾日倒也未曾見到那丫頭，說是那天見了他，給他說一聲，省得到時候再急著用藥的時候，連個碾子也沒得找。今個到了這，方才想起這事，順便給他說一聲，也好讓他早日去拿。

且說祗夫人辭去之後，卻見天氣陰沉了下來，窗外的芭蕉也衰的沒得照理，正所謂：「翳逾月陰，沉沉憂旁林。」這邊正當玳萱、容若、芷蕊三人離開之時，又有雨萱從屋子裡頭拿來一件墨黑色的錦鑲銀鼠毛絨緞衣袍，且衣袖處為錦白色的絲綢鑲邊，衣帶處則為紅色錦緞垂居左右，只見雨萱說道：「外面天冷，倒不像這屋子裡頭，暖和和的，眼下這天氣又沉了下來，多會兒再刮起風，下起淋點雨來，夫人又該多作心疼了。」

容若道：「他若是真的多作心疼，早就派人去侗府打聽青衣的下落了，如今可好，又仗著玳府的勢力，出來鬧事，不作多問。你且莫管，只由著他來。」

雨萱聽後，當下便勸說了起來，如今這話傳到夫人那頭，還止不住又要鬧出什麼事情來，這青衣的事情還沒得著落，你再火上澆油，鬧出些其他的事情來，到時候該如何向老爺交代。

原來自那日青衣離開明府之時，便有明珠被召入宮中，如今雖說回來已有數日，可是這青衣一事，誰也沒敢多提半字。只是那日曾在繁怡齋用膳之時，未見到青衣、冷月等人，便問了起來，眾者見狀也不敢吭聲，且那時又未見羅母，便不多做聲張，後有榛嬤嬤，順了玳萱的意思，多說了一句，恐青衣那姑娘眷戀故地、顧念舊情，方才在侗府多留了幾日。

明珠聽罷，也未多上在心頭，只是說道：「他日見青衣來了，多做照應，如今近者為鄰，遠房為客，讓他同家裡一樣，多和明慧、容若、玳萱等人一塊玩耍，若有委屈之處，只管說出來，別太見外就是了，等日子久了，自個便當作是一熟人了。」

榛嬤嬤則是一一應了明珠的話，只說：「老爺放心，雖是青衣那姑娘有些生疏，也只是剛來明府，且說喪父之痛隱於心中，又有侗母前去靈雲堂為其守孝，恐傷感之處偏多。等日子久些，再陪他前去看望侗母，也好讓侗母多作放心。再者，若是日後真有不周之處，讓那姑娘受了委屈，別人不管，倒是還有我這老婆子呢。」

第二十五回　事宜素定合天怨　休說莫道他人迷

有詞曰：

橋風葉，花漂泊，相逢才記佳時節，喜賦瑤台月。

誰曾料，輕日別，旗亭莫唱陽關疊，舊杉淚點血。

自從那日榛嬤嬤應了明珠的話後，也未曾見明珠再過問此事，況又因這幾日熙老爺喜遷之事，隨將此事抛於腦後，時常出於明府。

且說那時熙老爺因明史案發一事被貶到了黃州，心裡雖是有怨卻無處伸展，後便以生前無名為由，辭去了官名，常與黃州的一些風流才子為客，游故於亭榭之中，暢談於天下之間，誰知這熙老爺卻因禍得福，後以這些風流才子考進官名為故，得到晉升，做了黃州衙役中的一職，又因那日在宮中得到太后同情，方才得以遷升，如今這幾日正趕著回府請安呢！正所謂：

一朝之事疏於心，萬般災亂始覺疑。

遵正不依他大道，自是門戶閉光衣。

去年曾在此門居，今日因來作故離。

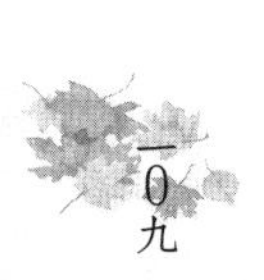

事宜素定合天怨，休說莫道他人迷。

再說這邊，經過雨萱、玳萱二人的一番勸說，方才止住了容若。後又有芷蕊陪著玳萱將賬目冊子取出後，三人方才朝馨覺苑走去，且時下已為昏後，並常有淋點雨滴。只見玳萱、容若等人到達馨覺苑時，又有雁葉前去回話，說是玳姑娘和容少爺來了。羅母聽罷，方才有冬梅引入屋內，且當下已有閻夫人、平夫人、榛嬤嬤等人，卻說容若一一拜見後，又有玳萱將賬目的冊子交給羅母，並於那旁就坐。

這邊雁葉則端來一些茶果放於案旁，只見羅母說道：「如今這綁人的也已經查清楚了，只是那侗嗇偏就瞎了眼，隨了他去，卻不知是為何故。雖是那玳家的玳善未曾多說些什麼，倒是這背後的幹頭說了一些風涼話，他日只是由著玳善亂來，倒時候把這幹頭交於衙役，看他還有個理兒處說。」

玳萱則道：「不妥、不妥。如今這幹頭雖知玳善的那門勾當，倒也只是個拼命拿錢的人，恐到時候見了那玳善，再胡說些什麼，只等日後憑著玳善從衙役裡面救出來便是了。如今這幹頭既然把事情的原委交代清楚了，想必沉香隅那邊的土匪他也知曉，倒不如先讓那幹頭把青衣的事情給交代明白，後了先賞他些銀兩，只說是他玳府玳善的意思。這幹頭一聽我們今個是順了玳善的意思，出來辦事，等過後再把他交給玳善，哪還有他的好日子過，定會百般哀求，不敢有絲毫的隱瞞之情。

再者他若是真的遲疑起來，不相信我們說的話，就把證據給他拿出來，讓他看個一清二白，到時候自然也就把這事情的來龍去脈交代清楚了。」

這邊閻夫人問道：「幹頭這邊又有何為證據，倒也未曾有人提起過。」玳萱道：「這證據嘛，倒也好說，雖是青衣、未識那姑娘沒得說，倒是姣菡這丫鬟可是咱府上的，再說了那幹頭就算是有天大的本領，也未曾記得姣菡長得什麼樣子，況且姣菡這丫鬟又與蘧兒有幾分的相似，到時候只讓蘧兒扮成姣菡出來說話，就說是沉香隅的那幫土匪與玳善變了卦，如今我們倒也不再追究什麼，只是把這冤頭放在了土匪的身上，姣菡雖說是從匪子窩裡逃了出來，倒是青衣和未識還在他們的手裡，到時候再把衙役的人請來，讓他把這事情的全委給講清楚，也方便衙役這頭辦事。」

「雖是好計，只是曾讓榛嬷嬷問過幾次，也未見那幹頭多說什麼，倘若他只見到了衙役和咱的人，而未見玳府的人過來傳話，恐多能識破，如今把這衙役的人請來了，只讓他們素裝打扮，並聽於那旁，這詢話的，就有你與榛嬷嬷做主。」羅母說罷，又吩咐冬梅把蘧兒那丫鬟傳來，這邊又讓閻夫人前去衙役把這事情的原委給他們交代明白，只讓他們素裝打扮。

玳萱道：「急不得，急不得，如今這衙役裡頭的孫侍郎與咱們又有故交，況他又掌管著衙役裡頭的大小事情，那日不正愁著沒處巴結呢，這正好，把他請來，倒比十個主子、僕人什麼的管用，也免得到時候人多嘴雜的，把事情給洩露了出去。」

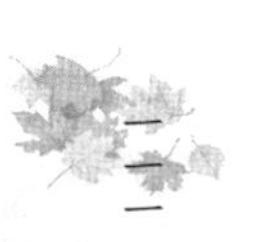

容若先贊道：「早日裡就聽聞姐姐與眾不同，今日一見，果不其然，不僅好口才，更是好計謀，我先心服口服。」後又有平夫人說道：「玳姑娘的話倒是直說到大家的心卡兒裡了，我這裡也沒什麼意見。」

玳萱謝過平夫人後，方才讓冬梅、閣夫人二人順了剛才意思，並於那旁離去，後有祗夫人從逸雨樓回來時，平夫人將此事細說端詳，祗夫人贊畢玳萱後，歎道：「只可惜偏為女兒身，他日裡若是真的出了閣，倒不知夫人那邊又多該惋惜了。」

第二十六回　花前空下無痕月　林中楓晚道愁別

有詞曰：

西風夜，玉香覺，花前空下無痕月，林中風晚蝶。

朱樓外，淚點血，桃花一折情滿扇，萬古道愁別。

且說二日，閻夫人拜見孫侍郎後，又見四下裡無人，方才把事情的全委道了個明白，當下便有孫侍郎同意了此事，只說：「如今貴府有難，我這做晚生之輩的，豈有推辭之理，那還勞煩你閻姑媽前來，只讓府上的丫鬟們通個風、報個信就是了。」

閻夫人道：「府上的丫鬟們多，人口嘴雜的，唯恐將此事洩露出去，如今我來了，倒可安了大家的心。」說罷又拿出一錠銀子先為酬禮，說是府上的一點心意，等日後事辦成了，再那方答謝，只見孫侍郎一番推辭後，方才接下。

這邊，又有冬梅把蘧兒傳來後，羅母方才將此事告訴了蘧兒，蘧兒見眾人心意已決，也不再推辭什麼，只是按照玳萱的意思，扮成姣菡的模樣，出來說話。

話說孫侍郎到達明府，拜見羅母、平夫人、祗夫人後，又拜見玳萱時，卻見玳萱說道：「若輪輩分，恐怕我還得喊上你呢，如今你我都為同齡之人，倒不必這麼拘於禮節，就按隨

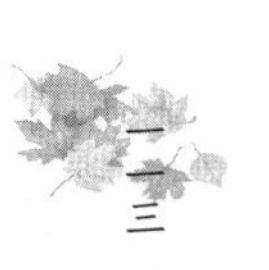

常的來。」孫侍郎道：「還是玳姑娘隨和的好，他日就曾聽聞玳姑娘，今日一見，果不虛傳。」容若這邊又說道：「如今我這位玳姐姐不僅人長的標誌，更是好口才，眾者見了都心服口服呢。」

玳萱道：「你就別拿我這般見笑了。」平夫人、閻夫人、榛嬤嬤、羅母等人聽罷也都笑了起來，只見羅母說道：「這玳丫頭可是我們這的名角兒，直爽的性子，平日裡把那些丫鬟們、僕廝們，訓得是一個挨一個，就連我們這些夫人們見了她，還都得讓上三分呢。」

且說孫侍郎拜見眾人後，方才有冬梅引與那旁就坐，眾者一番席話之後，又有羅母吩咐雁葉將他日隨來的幹頭，帶到馨覺苑內。

誰知那幹頭見了羅母、玳萱等人，只說自個是冤枉的，後有玳萱說起玳善時，卻見那幹頭說道：「這事兒倒不是二爺所為，只是從了薛老爺的意思，說是他日劫了薛老爺的銀子不說，還罵了幾句不中聽的話，小的們平日裡見這薛老爺也不是什麼壞人，就想著教訓他們一下，便跟著他幹了，誰也沒想到竟是這門子的缺德事情。」

玳萱道：「那薛老爺可是你玳府掌勢的？」幹頭道：「不是，這薛老爺與老爺是舊相識，平日裡為常客，只是沒想到他何時就做了那匪子的臥頭，把我們騙了去。」榛嬤嬤一急道：「淨會說些誣陷人的話，我問你，你可知道這薛老爺曾拜了那門的風頭。」幹頭道：「小的不知，只是聽說薛老爺早日裡曾在個府待過，後便不知了。」

玳萱道：「如今這沉香隅的那股土匪已經與你們家的玳二爺變了卦，你又保他作甚。」說著便讓平夫人拿些銀兩給了幹頭，那幹頭被玳萱這麼一胡，卻不知是為何故，這邊又有玳萱說道：「既然那玳善與土匪變了卦，我們也不再追究什麼，只是把冤頭放在了土匪身上，你只管如實交代，倘若有半句假話，到時候就連我們也幫不了你了。」

幹頭聽了玳萱的話，倒是磕了幾個響頭，直說自個是冤枉的，又道：「姑奶奶替小的做主，我那裡也沒有半點謊言，如今奶奶、姑奶奶對小的不薄，又怎會去保他。」

「知道就好」，玳萱見幹頭雖有些悔意，倒還有些疑心在頭，便讓冬梅那丫鬟把姣菡傳來。

卻說幹頭見了姣菡，倒是心頭沒了個底細，況那日與姣菡只見過一面，也未曾多做細看，便以假亂真，連說：「請姑奶奶饒過小的這一回，小的也是為了賺幾個錢花，才做出來這門子的缺德事，只是小的有眼不識泰山，竟不知這幾位姑娘是府上的，就算給小的一百個膽，也不敢去幹這事的。」

且見姣菡說道：「他日若不是你跟著你家的玳二爺一塊背著良心，做出這般事情。恐怕我早是個快死的人了，如今雖說是從匪子窩裡逃了出來，只是那土匪心狠手辣，定不會放過那幾位姑娘的，你且把這事情的端委說出來，沒准了，你這幾位姑奶奶心發善良，還能保你一命。」

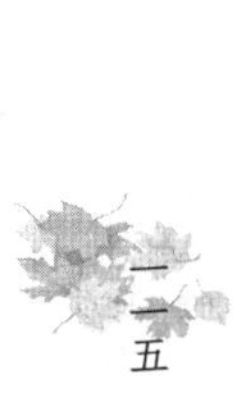

那幹頭見執意不過，私下裡又想到自個還有個年邁的老母尚在家中，便從了姣菡的意思，說道：「回姑奶奶的話，小的名叫韓元，家裡還有個年邁的母親，只因前幾年的時候，家裡大旱，顆粒無收，才在無奈之下出來做些事情，況那日又碰巧玳府裡面缺人，就去了玳府。平日裡在玳府也只做些雜役什麼的。誰知前幾日，那玳府的二少爺玳善，突然就召見了我們哥幾個，說是有要事商量，我們平日裡也未曾見過玳二爺，更別說是有事情召見了，大家心底裡也都不知是怎麼一回事，便去了。

後來方才知道，原來那玳善是看我們哥幾個面善，又是剛來玳府沒多久的人，出去辦事的話，會多方便些，後又每人給了幾百兩銀子，說是事兒辦成了定有重賞，如今我們也是迫不得已才做出這門子的事情，還望姑奶奶們饒過小的一條活路。」

玳萱道：「今個你也知道你家玳善是什麼人了，你且說說沉香隅的那股匪窩現為何處，事兒辦成了，我們同樣把你送回去的，只是這日後，再有見你做些那門的缺德事情，倒時候就是扒了皮，也沒人救得了你了。」

那幹頭一聽這話，忙磕了幾個響頭，說道：「謝姑奶奶的一片大恩大德，小的終身難忘。那匪子的窩就在沉香隅附近一片樹林裡面，你且隨了我去，定會找得到的。」

第二十七回　明慧鬧瘋癲久病　雪菁持藥方道援

有詞曰：

芭蕉碎，夜風蕭。夢到別時淚斷橋，瘦盡風華宵。

紅豔醉，惹絲條。奈得枝頭盼路迢，歸時已夢遙。

且說幹頭順了玳萱的話，把事情的原委道明白後，方才有羅母吩咐冬梅前去傳話，這邊又有容若遣了彩頭、讒頭二人，攔了孫侍郎的官令，朝衙役舉案。

只見冬梅、彩頭等人辭去之後，又有雪菁從逸雨樓那旁，傳過話來，說是明姑娘突發了重病，還嘔吐了血跡來，雖是有春鶯熬了幾服湯藥，也多不頂用，只怕是明姑娘來府上那會落下的病根，如今竟突發了起來，這會兒正躺在榻上，不與他人多說一句話。

羅母聽罷，倒是心裡一急「大夫請了沒，可曾讓他開上幾副藥。」雪菁道：「大夫倒是請了，只見那大夫說什麼『夏利春分，病不瘉，令人解墮。秋刺春分，病不已，令人起而忘之。冬刺春分，病不已，令人服之而有效。』如今我們也聽不懂這話的意思，只是看了明姑娘，倒是覺得心裡頭特別的憐惜，方才趕了過來」。羅母聽後，只解這話中的一二，如今見雪菁傳過話來，也都覺得已有數日未見明慧了。

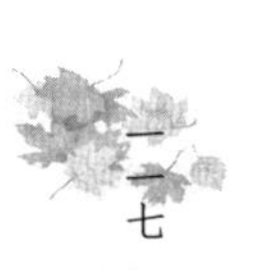

容若道：「可知妹妹近日得過什麼病沒，他日又有什麼心事傷在心頭，平日裡又都是些什麼藥作為命根子的。」雪菁道：「倒也沒見得姑娘有什麼心事雜念的，平日裡多熬些茯苓、黃芪、萎蕤之類的藥，雖說樓閣子那邊每日都有十幾種藥材，可誰也不敢多自作主張，熬些其他的藥湯讓姑娘喝。」

這邊又有祗夫人說道：「昨個去的時候，還見明姑娘好端端的，正在那兒學刺繡呢，還說改天繡成了，讓我們去看呢，雖說這繡的趕不上青衣的手藝，倒也可以看出明姑娘的一片用心，怎麼這會兒就犯起了病端來。」

雪菁道：「我們也不知道怎麼回事，只是那時正和春鶯在屋子外頭曬些東西，誰知剛走出屋子沒多久，就聽到那邊傳來了一碎聲響，像是什麼東西被打破了，我和春鶯趕到屋子裡時，只見明姑娘摔在了地上，還打碎了些茶碟，後方才將姑娘扶到榻上，竟嘔吐了血跡來。春鶯心頭一著急，便匆匆忙忙熬了些平日裡姑娘所服用的湯藥，後見姑娘不肯多說話，想必是有什麼心事擱在心頭，又讓熙嬷嬷請了大夫，大夫也只說是這些日子受了點風寒，鬱愁上心，多讓姑娘喝點水，碰到好的天氣陪姑娘多出去轉轉，說說話，這病自然也就了得了。」

後有雪菁將開的藥方拿出來後，卻見上面寫道：

茱萸去梗一斤，棗二十枚、生薑一兩、人參一兩，分作四份。四兩泡酒、四兩泡醋、四兩沖水、四兩童便。經一夜，都取出焙乾，加澤瀉二兩，共研為末，以酒和粉調成丸子，且如梧子大。每服五十丸，空心服，鹽湯或酒下，故次方稱乃「奪命丹」。

這邊又寫道：

夏利春分，病不癒，令人解墮。夏刺秋分，病不癒，令人心中欲無言，如人捕之。夏制冬分，病不癒，令人氣少多順之。

秋刺春分，病不已，令人起而忘之。秋刺夏分，病不已，令人益嗜臥之。秋刺冬分，病不已，灑時寒之。

冬刺春分，病不已，令人欲臥服之。冬刺夏分，病不癒，氣發諸痹之。冬刺秋分，病不已，令人善解渴之。

羅母看罷藥方後，又遞給了榛嬤嬤，玳萱、容若等人也湊了過來，只見羅母說道：「如今這茱萸、棗片、生薑、人參倒可缺的有補沒。」榛嬤嬤道：「有倒是有，雖說這四兩泡酒、四兩泡醋、四兩沖水沒的說，倒是這四兩童便算下來，還就霏姑娘那邊是新添的準兒，他日又是剛滿的月子，這會兒恐偏多，從那邊取來些，方可焙了這上面的藥引子。」

只見榛嬤嬤攜了藥方，又遣了幾位丫頭，當下便辭了去，雪菁也一併告退，說是姑娘那邊這會正需要人手。雪菁辭去後稍刻，方才有羅母、闍夫人、平夫人、容若等人前去逸雨樓看望明慧。

這邊又有芷蕊將幹頭、孫侍郎二人暫先引入莀廂苑內，為二等上客，等冬梅、彩頭、讒頭那邊傳話了，方才辦事。

第二十八回　玳萱強忍戲風情　熙嬤嬤高呼喊冤

有詞曰：

暮雲天，箜篌鳶，蕭條別後已往年，舊聲誰人憐？

紅塵淚，枝連緣，獨窺天上何時圓，夢回亦枉然。

且說羅母、闔夫人、平夫人等人前去逸雨樓時，已為昏後。明慧則剛服下春鶯端來的湯藥及一些藥丸躺下，後有雪菁傳過話來，方才起身問安。

羅母見狀，更是眼巴巴的心疼了起來：「如今好端端的，怎就突發了病來。」這邊又有平夫人道：「早日裡倒是從郤嬤嬤那邊留下了一些治療風寒鬱痛的藥丸，雖說味兒有些苦澀，倒是挺管用的，服用幾粒，再好好補上一覺，准好，之前玳萱那丫頭生病那會用的就是這個。倒是不知符不符合姑娘的口味，改天讓丫鬟們送過來幾粒先試試看。」明慧先是謝過平夫人，後雖見有些悒悒不樂，恐多半是病愁上心，方才不與春鶯、雪菁、熙嬤嬤等人多說一句，只見明慧謝過平夫人後，方才說道：「雖說是些發燒之類的病狀，倒也不礙什麼大病。只需按照那上面的藥方喝上幾日，也就過去了，有勞夫人操心了。」

平夫人道：「哪裡的話，平日裡府上的姑娘們有了什麼難纏的病，還不是在榛嬤嬤和我

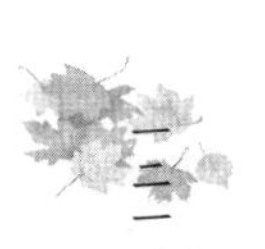

這邊兩下跑，如今姑娘突發了病來，倒客氣了起來，且不說憐惜之情，只是我看姑娘的病，還需多休息幾日，倘若到時還是未見有何好轉，只管讓丫頭們來我這邊。」

誰知羅母聽後，倒是起了憐憫之情，況近日又很少來這逸雨樓，如今見明慧突發病來，倒像個沒人關懷的主，除了身邊的幾位丫鬟、嬤嬤們，也不曾多說一句閒話。今日見了明慧這般模樣，更是覺得可憐，竟流出了淚水。

這邊，雖說明慧突發病來，倒是這幾日也未曾出過樓閣，再加上身子不適，更是鬱愁上心，因見羅母等人，倒是想起了往日已故的母親，心中雖有怨情，卻不知向誰訴說，況平日裡也未曾有人過多故問，又見羅母淚作顰點，更是傷心了起來。春鶯和雪菁也在那旁，想起他日裡姑娘的孤憐，一併傷感了起來。

容若見狀，原本是想上來勸說幾句，卻不知從何說起，只因這會兒想起青衣雖是未有著落，又見明慧這般的傷懷，便將平日裡的鬱愁一併釋發了出來。一時間，逸雨樓裡泣聲連連，唯有玳萱、平夫人二人硬撐著。後有玳萱強打精神，為逗眾者開心，便將前幾日去繁怡齋時，把熙嬤嬤交代菜譜的事情說了出來。原來那日熙嬤嬤有些傷風，再加上出音不准，說了一句劫財的話，倒是嚇了玳萱一跳。

只見玳萱說道：「那日剛到繁怡齋時，就聽到熙嬤嬤說是要『劫財』，我私下裡想，平日裡也未曾得罪過那位嬤嬤，更沒有讓嬤嬤們受到過任何的委屈，怎麼這會居然要劫財於我，難不成是這背後裡招惹了誰，如今拿著嬤嬤們出來發氣。只是別說是幾個嬤嬤了，就是碰到個土匪杠子，我也不怕。」

那熙嬤嬤聽了，高喊冤枉：「我交代的是芥菜，何曾要想劫財了姑娘，誰知反讓玳姑娘聽了偏，如今事已過矣，你又提他作甚。」玳萱道：「你還別說，那會兒見你雖是有些傷風，倒是面無表情，還就那麼一回事，我便以了真。想必定是這背子裡有誰來撐腰，今個借嬤嬤之口，要劫財了我。」

熙嬤嬤聽後，更是哭笑不得，明慧、雪菁等人聽罷，也都轉悲為喜，笑了起來。只有容若一時間沒有反應過來，後來心想：「原來這芥菜與劫財同音，再加上這熙嬤嬤原日裡就有些偏音，方才鬧出了笑話。」

後有雪菁、春鶯二人拿來娟帕，方才制止住。誰知眾人一席話後，又說到了熙嬤嬤這裡，只因這熙嬤嬤早日裡不是本地人，他日裡說話又多帶些方土音，一時難改，眾者方才以此取樂一番。熙嬤嬤見狀，只是說道：「如今我這天生的土音，恐怕也一時難改，雖是順了意思，卻誤了這原委。」

這邊，卻說羅母見明慧這般的傷懷，便將青衣一事，隱於心中。眾人因見未曾提起，也不多做聲張，只見羅母說道：「如今時候也已不早了，姑娘早些安息的要緊。」玳萱、平夫人等人聽後，這才離去。

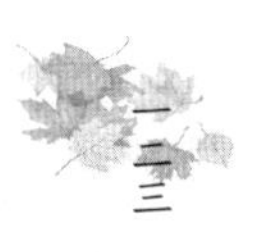

第二十九回　待遇真身今遇假　日後何苦爲冤家

有詞曰：

花落花開開不休，上善若水水自流。一層細雨，一陣涼。一辮落花，一脈香。
自是往事已成空，最道還時難相逢。一簾風月，一重光。一曲竹笛，人邁長。

且說羅母、玳萱等人離去之時已為昏後，先有容若辭去芙蓉閣。後又幾時，方有彩頭、讒頭二人傳過話來，說是衙役那邊已經做好了準備，趁著天黑，也好多辦事，如今只等著傳令。這邊已有冬梅按照羅母的吩咐，將府廝一併傳了過來。

羅母見狀，當下便讓玳萱將孫侍郎和幹頭二人傳了過來。後有平夫人道：「如今這拐人的已有數日未曾傳信，又未見侗府那邊有何素說，想必這事情之間，定有些蹊蹺。」羅母道：「他若不敢聲張，只怕是仗著那玳善是背後的主，不敢出來辦事。如今這事兒也早該了結，只是不知青衣那幾個丫頭吃了些苦頭。」

這邊，只見玳萱將孫侍郎和幹頭引到馨覺苑後，方有羅母吩咐前去沉香隅。誰知玳萱卻說道：「不妥、不妥。這會兒前去，定會招惹上那匪子的。如今雖說是趁著夜晚放鬆了那匪子的警惕，只怕到時候那匪子把人劫了再從他處逃了，也不是沒有可能。

且說那狡兔還有三窟呢，更何況是這匪子，倘若他要是唯有一條出處，也不會待到這會，任他們這般的逍遙。如今那匪子，我倒也曾見過，除了幹些見不得人的事外，倒與平日的百姓沒啥區別，掩人耳目。

到時候我們只管把自個穿的跟他一樣，就是了。再讓幹頭帶上幾位府廝，前去匪窩裡，引起一場大火，那匪子窩一著火，想必定會大亂起來。俗話說『人多口雜』，況且那匪子窩裡有百餘人，窩裡亂起來，那還顧得上多看你幾眼。只是他若是真的生疑，倒是那幹頭卻能混個熟面來，之後再讓幹頭帶著府廝潛到匪子窩裡，試探青衣、未識等人關押的地方，這邊我們再讓其他的府廝來個裡應外合，趁他們慌亂，救出青衣等人。」

後有孫侍郎道：「玳姑娘所言甚是，只是唯有一不足之處。」平夫人道：「何為不足之處。」孫侍郎道：「如今那土匪窩裡著了大火，定會反起疑心，為何偏就這會著了大火。倒不如將計就計，來個聲東擊西。」玳萱道：「怎個聲東擊西？」孫侍郎道：「如今那沉香隅那旁也都皆知，東為蘋山，西臨上海，倘若真的來場大火，那土匪定會朝西方和北方逃去，到時候只管遣了些人在西處拿了火把，大聲吆喝，那土匪見了定會朝北方逃走，到時候只管讓眾人隱在北方，來個出其不意，倘若那土匪真是個有骨氣的主，或是看透了這其中的圈套，只朝西處逃去，倒也莫急，只讓那遣去的人引一場大火，阻斷去路。到頭來也只會朝北面逃。

雖說這土匪知道中了埋伏，定會為了護主，拼死一搏，到時候儘管將這匪目故意放出，

來讓玳府的人做個了結。」

羅母、玳萱等人聽罷，倒也不曾理解這話中的意思是為何故，後又有孫侍郎道：「俗話說『兵不厭詐』事先讓幹頭遣了些人假裝是玳府玳善派來的人，那匪子雖說見了咱們的人有些生疏，倒是看見幹頭，卻有幾分的面善，也就信以為真了。後了讓幹頭傳命，說是要帶走青衣、未識等人，引為內府。匪子一聽這話，定會推辭，自個辛辛苦苦綁來的人，怎會說帶走就帶走，最後連個人情也沒撈著。幹頭故作今生之氣，辭去時只說一句話，乃：

待遇真身今遇假，日後何苦為冤家。

那匪子這會定讀不懂這話的意思，待幹頭回來之時，再依計行事，到時那匪子也就自然明白這話中的意思了。但若是那匪子真的怕了那玳善，順了幹頭的意思，將青衣等人帶了出來，豈不更好。」

羅母、平夫人聽閉，皆稱至妥至善。後有玳萱贊曰：「原不知這精兵簡政的，要比我們這些平日裡足不出戶的姑娘們多有見謀，我今個兒也算長了見識，就以孫公子吩咐的，引為上策，唯有不從者，便以疏通治理。」

冬梅、彩頭、讒頭等人聽罷，皆以此行事，又有大小頭目聽諭後，傳達各處。這邊，且說那孫侍郎，原日裡就曾聽聞過玳萱長得麗若春梅，神若秋蕙，且口若懸河，足智多謀，府中上下事務，也多為他某，只是唯有一不足之處，乃是個厲害的角色，一般人是惹不起的。

今日之見，更是非凡，雖是喜愛有加，動了惻隱之心，卻不敢有過多聲張，況又見羅母、平夫人等人多在苑內，便打消了此念頭。

第三十回 霞彈打來鳥自飛 及時抽身枉人歸

有詞曰：

枝上花，花下人，可憐紅顏俱春色。昨日看花花灼灼，今朝看花花欲落。月下橋，影上痕，不如盡此花下歡。莫待春風總吹卻，徒留韶光把春荒。

且說那孫侍郎雖是動了惻隱之心，卻在明府未敢有所舉動。又因孫家與那明府有世交之情，便不再多想此事，打消了念頭。

這邊，卻說容若辭去芙蓉閣時，已為夜後。眾者因見明惠身子不適，鬱愁上心，便不曾打擾，只是讓玳萱遣了彩頭、讒頭等人，方才隨孫侍郎，一併去了。

原日裡，自打青衣等人被劫去之時，已有青衣之母霍婻前去靈雲堂為其守靈，後又有個嗇仗著自個的勢力在外頭鬧來鬧去，府上的人雖是未說，但心底兒也都清楚，只因隨的是先前的主，又多以故戀舊情，方才睜一隻眼，閉一隻眼，留了下來。

雖是話理兒上留了下來，如今各自心裡也都明白，倒是個沒人的主，一切由著個嗇胡來，又因青衣、姣菡、未識等人生死未蔔，府上的爭鬥頻頻皆是。他日裡的打鬧，也只關風月。眼下可好，仗著個府的衰落，吆三喝四，只是府子裡頭，那裡再找胳膞去，倒是那些值錢的東西，一件沒拉。

再說玳萱、平夫人、孫侍郎等人前去沉香隅之時，恰有春兒從書房那旁傳過話來，且時下已過二更，說是老爺那邊寢睡難安，又因這邊燈火相繼、熱熱嚷嚷，卻不知是發生了什麼事情。玳萱聽罷，則將事情的原委隱藏了起來，只把近日給倧府做壽的壽宴告訴了春兒。只見玳萱說道：「他日裡聽夫人說，這倧府的倧老太太就要過八十大壽了，眼下這倧府的壽宴也差不了幾日，如今綢子什麼的，倒是缺得沒補，這會兒正趕著商量這事呢，不然夫人那邊真的怪罪下來，也不好交代。」

平夫人見狀，也未曾多說，只是順了玳萱的意思，好讓春兒去書旁那邊傳話。那春兒雖是有些顧慮，倒是他日裡也曾聽人提起過，今日又見平夫人等人隨了這祝壽的場子，便打消了念頭。

玳萱見春兒那旁辭去後，方才傳令下去，依計行事，且凡是有那個公子婆婆，一不小心說漏嘴的，日後被逐了出去不說，倒是把夫人那邊惹急了，也是吃不了兜著走。眾人聽罷，也都不敢多吭聲，只是依了命行事。這邊又有孫侍郎遣了彩頭、䠷頭等人前去衙役傳令，並於翠仙樓那旁會和。

誰知彩頭等人剛辭去不久，又有倜府那邊，連夜傳來消息，說是青衣等人被修道寺的尼僧給救了出來，如今姣菡、冷玥兩位丫鬟也都被救回了倜府，唯有一不解之處，乃未識姑娘，

沒了個人影，想必定是發生了什麼事情，大家見青衣、妏菡等人不曾多說，也沒多問。如今倒是打著自個兒的念頭，又碰巧府頭那邊沒有過客，便匆匆忙忙趕了過來，還望府上多拿定主意。

玳萓、平夫人等人聽罷，甚是驚奇。匪子綁了人不說，只是沉香隅旁的那股土匪，也不是沒有聽說過，有那個敢冒著這膽去救人的，別說是些僧尼道姑了，就是衙役的人那會來了，也拿他們沒轍。俗話說：「霰彈打來鳥自飛，及時抽身為上策。」如今那匪窩，是塊難啃的骨頭，倒不知是那位仙姑可救得了的。

那傳話回道：「月有陰晴圓缺，家有盛衰起伏。事有翻覆消長，人有旦夕禍福。趨利避禍，人之常情。如今姑娘們能從虎口裡逃出來，也算是禍福相夕，前世功德。只是日後之事，恐須難測，此天之道也。且說那匪子日後還會出來作惡，不得不提防，若要化解此災，恐三災過後，朱芳凋盡之時。只怕到時，卻是人煙散盡，愁別之際。

且說如今之道，普天之下，莫非王土。率土之濱，莫非王臣。不說臣下本有過失，便為無暇無疵，聖上的責罰，也在一念之間，不管在那裡，終究是一道一理，來則懲罰，去則消禍，無可抱怨。」

只見那傳話的說畢，便從那旁辭了去，後有玳萓等人欲留之時，卻不見了蹤影。

第三十一回　音聲難別楚江秋　嶽山空悲碧水流

有詞曰：

一片花含，一片憂愁。愁隨江水東未流，飛入長傍夜景樓。
謝了薔薇，凋了花畔。三園空有暮鵑留，長門容易白人頭。

且說那傳話的辭去之後，便不見了蹤影。後有玳萱等人打聽，方才得知這前來傳話的，名叫寅悅，曾為侗府的管家，掌管著侗府的大小事務，時年四十來歲，且與侗府有一脈之緣。如今自打侗濟辭世之後，早已不知去向，雖有其人那方尋找，倒也不濟於事，後有詩云曰：

音聲難別楚江秋，嶽山空悲碧水流。
一鶴自鳴三月柳，別花常送五湖舟。
萬羌家管梅先落，故處秦箏雁未留。
乘向鍾情桃葉渡，空風片片邁溪頭。

原來這寅悅，家中無妻無兒，獨身一人，曾為江州進士，後便做了京州刺史一職。只因這寅悅為官清廉，不與仕途為患，竟得罪了他人，誰知不到一年，卻反遭誣陷，雖是保了性命，卻丟了官職。後便終日飲酒作樂，不問世事，好似神仙那般。

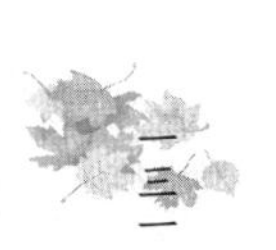

後一日，恰逢端午時節，龍舟廟會之時。卻見侗濟攜了侗嗇、青衣等人，前來觀看廟會。只因青衣尚未滿歲，方有侗濟抱入懷中，侗嗇及其家人，跟隨他旁。誰知忽有一拐子，趁那廟會熙熙攘攘之際，備人困乏之時，抱了侗嗇去。等人回過頭時，早已沒了蹤影。侗濟知曉後，更是晝夜啼哭，雖是命令家人找了兩天兩夜，回來皆無音響。

且說那拐人的拐子，名叫喬榮，倒不是別人，正與寅悅相居同處。只因那喬榮早年的時候曾欠下一屁股流的債款，那幾日，又見催的打緊。方才在不分青紅皂白之下，出此下策，拐了他人。

誰知那夜，恰巧有寅悅飲酒歸來，從旁經過之時，忽聞有孩提的哭聲。寅悅心想，那喬榮無妻無子，更無親戚朋友，他日裡雖有一年邁近百的老母，也在前年過世，如今怎會有得這孩提的哭聲，越想越覺得發奇，便湊了過去，只見：

屋子裡面粉色的紗幔隨風飄動著，白色的花架上放著一盆盛開的海棠花，開得正豔，淺黃色的花蕊羞嬌的藏在裡面。東側則為一張桃木做的桌子，上面擺著一個青花瓷茶杯，紙硯、胭脂、步搖、梳子等物，則位居其旁。

床的左旁則有一個長案，案子上面設著大鼎，放著紫羅蘭，右邊紫檀架上放著一個大觀窯的大羅，羅內盛著數十個矯黃玲瓏玉簪，左邊洋漆架上懸著一個白玉比目磬，旁邊掛著小錘，中央則掛著一大幅〈春睡圖〉。上有曲詞曰：

一曲當年浮橋邊，兩地相思飲花前。
三剪桃花映人面，四時不見朱斷弦。
五更花前曾惜緣，六經風過脈輕寒。
七弦難彈心已變。八行誰書勿相見。
九重遠山暮雲間，十裡吟別亂殘年。

定眼細看時，又見：

一皓膚如玉的雙手，且手上繫有紅絲墜物，頭上束有小辮，攢至頂中胎髮的孩提，正泣於那旁。且這孩提雙目修長如畫，回眸閃爍如星，弱小的鼻樑下，突出薄薄的嘴唇。

自寅悅那日見罷孩提後，當下便覺得蹊蹺起來，後又打聽，方才知道，原來這喬榮綁來的孩提，正是個府家的公子，乳名侗澤。原日裡見喬榮雖為中興之家，且憨厚老實，卻有一不足之處，乃終日以石寒草禦寒。且說那禦寒之物，倒可不必上心，只是他曾不知這禦寒之物，雖為藥物，卻神似顛物那般。誰知，不到一年，家裡便一貧如洗，其妻見狀，雖幾次勸說，倒無濟於事，又因膝下無子，那婦人便隨了他人去，如今倒是圖了個乾淨。

且看這禦寒草物，其氣芬芳，其味香甜。服之，始則精神煥發，頭目清利，繼之胸膈頓開，興致倍佳，久之骨節欲酥，雙眸倦豁，維時禦骨亢奮，萬年無懼，但覺夢境迷離、傲然自得、神魂駘宕、旁若無人，好似神仙一般。後有其詩曰：

客有鶴上仙，飛入淩太清。
揚言碧雲裡，自道安其名。
兩兩白玉童，雙雙紫鸞笙。
飄然下倒影，倏忽無留形。
遺我禦寒草，服之四體輕。
將隨赤松去，對博坐蓬瀛。

第三十二回　落魄紅塵四十春　生涯只在此乾輪

有詞曰：

月如鉤，深鎖秋，紅顏靡多。最是月圓花易落，一生惆悵為伊蓑。

繁華盡，燭紅妝，昔日霓裳。待到人間留不住，朱顏辭鏡花辭樹。

且說那日，自寅悅得知喬榮拐的是倜府家的公子後，心裡唯有不安。只因那寅悅為官之時，曾遭人誣陷，倜濟見狀，因其不滿，反將訴狀，如今一樁纏頭案子倒是平了下來，那寅悅雖是保住了性命，卻丟了官職，後便離了京，到處逍遙。

那寅悅今日見狀，倒是舊情舊怨一併發，又念倜濟是個眷顧舊情的人，並將此事告訴了倜府。一來報答當日的救命之恩，二來呢，也好做個人情，順水推舟，為他日做打算。倜濟知曉後，那還來得及多思，當下便遣了幾個府上的人，一同隨了寅悅去。

原自打倜府的人到來之際，卻是喬榮酣睡之時。只聽見一聲轟隆般巨響，喬家的門被撞了個門子洞，當下就嚇得喬榮滾屁股似得滾到了地面上。誰知後有倜府的人在喬家的屋子裡頭翻了個遍也沒見到倜澤其人，只是在案旁的大鼎裡找了些石寒之類的草物。

那喬榮一見這些人大有來頭，定知自個捅了個螞蜂窩，自個兒受罪。只是坐在那裡，不

見吭聲。後見有他人問時，卻也是吞吞吐吐，答非所問。只是說了些「我乃神仙下凡是也，怎會做出如此缺德之事，拐了他人，況且銀子什麼的，我倒是今生今世都花不完」之類的神仙話。

侗府的人見喬榮那裡肯說得下半句實話，便將喬榮痛打了起來，那喬榮直呼「救命」二字，誰知侗府的人還沒打幾下，喬榮竟吐出了血跡來，且整個身子骨已經弱的不成樣子。侗府的人一看便知，雖說這喬榮不是個修丹練術的主，倒是個抽顛倒黴的毒，便將那持命有害的東西拿了出來。喬榮見狀，倒入親娘那般瘋癲，直撲跟前，連聲喊呼。侗府的人那肯甘休，直問侗澤的下落，那喬榮因癮難忍，方才把事情的原委告訴了侗府，正所謂：

周行獨立出群倫，默默昏昏艮古存。無象無形淺造化，有門無戶在乾坤。
色非色際誰窮路，空不得中自留根。此道非從他外得，千言萬語慢評論。
醍醐一盞詩一篇，暮醉朝吟不計年。乾馬屢來遊九地，坤牛時架出三天。
一本天機深更深，徒言萬劫與千金。三冬大熱玄中火，六月寒霜表外陰。
百寒禦草何所處，不在天涯地角安。落魄紅塵四十春，無為無事信天真。
修得那方神仙樹，活計惟憑日月輪。半遇抽顛半癲瘋，永作世間出世人。
一日圓成似紫金，得了永祛禦寒尊，服之應免生死侵，生涯只在此乾輪。

原來那侗府的人來時，恰有喬榮將拐來的侗澤交於拐子手中，自個倒是領了錢，買了些石寒之類的禦寒草物，圖了清靜。只是他卻萬萬沒有想到，這前腳跟兒剛送去，後腳跟兒便跟著過來要人了。那倜府的人因見喬榮已為半死的人，便隨了他，讓他尋找那拐人的主兒。

後有倜府的人那方打聽，方才把倜澤從拐子手中救了出來。倜濟得知後，更是感激，未久便將寅悅引為上客，後又見寅悅風流倜儻，生得一身的才華，便讓他做了倜澤的先生，那寅悅見狀，只是一再推讓，後見執意不過，方才隨了倜老爺的話。只是沒過幾年，寅悅因倜澤「潦倒不通世物，愚頑怕讀文章」之故，辭去了先生一職，做了倜府的管家，掌管著倜府上下的財務數目。

誰知後又幾年，倜府因案件牽連，日益衰落。自倜濟辭世之後，因見倜嗇襲了官，為所欲為，什麼事情竟由著胡來，便不辭而別，後雖有其人尋找，倒也不知所向。如今忽見寅悅，倒是十分驚奇。

且說玳萱聽了那傳話的，當下便攔了平夫人等幾位門府的府廝朝倜府趕去，後有幹頭按照玳萱的吩咐，前去衙門，誰知幹頭在半路上恰巧碰到孫侍郎等人，那幹頭見了孫侍郎只說，先暫按兵不動，以免打草驚蛇。後方才得知青衣、婞菡、冷玥等人皆被救到了倜府，雖是十分驚奇，卻倒不知這前來傳話的，究為何人。如今見玳萱，平夫人等人早已前往倜府，便隨了玳萱的安排。

第三十三回 感逝朱顏傾芳盡 天地一芳淚難覺

有詞曰：

當年醉花蔭柳下，菱花朱淚砂。猶記夢裡依繁華，憑誰錯牽掛。

鏡湖翠微低雲摧，紅塵落難尋。佳人帳前暗掃眉，青絲淡髮垂。

且說玳萱等人到達侗府之時，已為五更。時下，院子裡面早已空空清清，且院內的海棠杏花，池內的翠荇葦葉，也都覺搖搖欲落，似有追憶故人之態，迥非素常逞妍門色之可比。既領略得如此寥落淒慘之景，是以情不自禁之歎，故方一家之言詞，乃：

多少樓臺近得月，幽花暗借翠難闕。

感逝朱顏傾芳盡，枯骨舊點淚難覺。

可憐幽世暗情在，天地一芳早已別。

他年曾記繁花處，今朝唯有蜀時雪。

這邊，只見玳萱等人隨了幾位門府的府廝，穿過北側二排座房，又繞過幾方圍廊，方才來到一繁綺舊院的落庭。且院內的數方排房，早已凋堪不已，唯有一間廂房，屋子裡面閃著幾方燭光，那府廝道別後，方才引去。

誰知青衣見了玳萱，倒是自個先哭了起來，姣菡，冷玥二人見了玳萱也都泣聲連連，玳萱雖是走到跟前抱住了青衣，倒又覺得這前腳不著後跟的事兒甚是蹊蹺。只是想起青衣，他日便有喪父之痛，如今又遭這方災劫，想必定是受到了不少的委屈，便新緣舊情一迸發。

唯有平夫人一時強忍，只說夫人那邊甚是想念，雖是早把姑娘當成了自家的，倒比自個的還要親些，且夢裡常有呼喚其名，丫鬟們聽了也多跟著傷心了起來，如今夫人知道了，倒不知有幾分的高興了。

青衣聽罷則是泣聲道：「如今我也是死裡面托生出來的人，那還有顏面去見夫人、老婦人了，只怕到時候再顛出些晦氣來，倒可不去作罷。」玳萱聽了青衣的話，倒不知是為何故，只是想起自打伺伯去世之後，伺母便在靈雲堂過起了半隱半居的日子，雖是苦了青衣，他日裡少了些關心、安慰的話。

誰知平夫人聽了青衣的話，竟一時急了起來，心知青衣定是受了不少的委屈，如今倒是拿著明府出來發洩，只是唯有一事不明，乃與玳萱同顧，便說道：「卻不知姑娘所謂的『死裡托生的人』是為何故，如今夫人那邊也操了不少的心，再加上顧病舊犯，更是寢食難安，那還曉得些明白事理兒。」

玳萱也強按捺住眼中的淚珠，說道：「如今姑娘暫且放心，別人的事不管，只是到了我這兒，定會有個明白的事理兒，為姑娘做主，主持公道，不能讓姑娘受這不白之冤。只是不

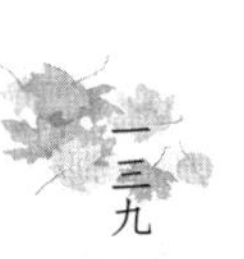

知這背後的主兒是哪家的門子，竟做出這般的缺德之事，日後少不了有好日子過得。」

這邊姣菡說道：「還能是那家做的這缺德之事，要不是平日裡仗著他玳家是個有功的先主，恐怕這會早就吃些官府案子了，如今出來橫行霸道，又把誰放在眼裡。」

原來那日，自打青衣、姣菡等人回到倜府之時，就聽聞了未識一事。只見未識一股腦地唯求尋死，後雖被救了下來，仍遭到那賣人拐子的拐騙。青衣一時性急，便跟倜嗇吵了起來，府上的丫鬟們知曉後，雖多勸說，倒也無濟於事。

後見青衣、姣菡等人離開了倜府，誰知青衣等人剛離開倜府不久，就碰到了幾位府上的府廝，那府廝見了青衣等人，甚是緊張，俗話說：「白天不做虧心事，半夜不怕鬼敲門。」青衣見狀，定有不曉之緣，後經幾番詢問，又仗這幾位府廝隨的是先前的主，曾有恩他，方才吞吞吐吐，道出實情，說是按照倜嗇的吩咐出來做事。

如今各自家裡面上有老，下有小的，誰也不會多做主張去幹這沒人良心的事，還望姑娘多做寬諒。

青衣聽了雖怒未識，只是大出意料，後便說道：「他日見諸位在府上也是規規矩矩的辦事，未曾做出些缺德之事，今個怎就犯了這般的糊塗事，如今這案子要是傳到府役衙門那，定會吃不了兜著走。」

那府廝聽了，直呼以後再也不敢了，後又見遞給青衣一張紙條，眾者方才辭去。

青衣看時只見上面寫道：

善自善，莫人知，帶來一個皇陵史。

寒嬌玥，金百池，放得東菱猶未識。

梧桐下，藏金獅，過了初一莫初十。

東時來，西頻馳，漏的亂處一家室。

第三十四回　靈道仙姑出幻境　尼庵寺院道愁情

有詞曰：

金雀釵，紅粉面。晚妝兒初了明肌雪，待踏馬歸月。
紅燭背，繡幃垂。鳳簫兒吹斷水雲間，醉闌幹情切。

且說青衣看了那紙條，方才明白事理。後便隨了那府廝的話，帶了些銀兩，朝沉香隅那旁去了。原來那綁人的匪子早有準備，只是那綁人的匪子見其中一位長得：

風髻露鬢，淡掃娥眉，雙目含春。淡粉色華衣裹身，外披白色紗衣。皮膚細潤如溫玉柔光若膩，櫻桃兒小嘴不點而赤，嬌豔若滴，腮邊兩縷發絲隨風輕柔拂面憑添幾分誘人的風情。

又一位長得肩若削成，腰如約素，眉如翠羽，三千青絲用髮帶束起，方知皆非一般之輩，只是那匪子早已入紅了眼，便不分青紅皂白的把青衣等人給綁了去。誰知綁人的那日，恰巧被過往的尼姑給見了個著，那尼姑因曉得青衣、冷玥二人，又念於舊日的恩情，便隨到了匪子的跟處，只見數丈高的龐然大物無比密集地遮天蔽日，幾隻青蛾粉蝶偶間喧飛，腐爛的樹葉密密麻麻的鋪了一層，好一似蒼苔和淡紅色的枯萎羊齒革，有道是：衰草枯萎木，樹葉落金城。

誰知那綁人的匪子未走數步，遂覺身已搖搖如駕雲般飄盪，忽一聲怪響，仿佛走到了仙界那般，且微窺時，似有一仙子塵凡下界，只見那人：

宛如白水細雲般輕柔，發流纖如瀑水般煥出微微亮光，白皙的雙唇吐出一絲霧蘭。定眼細看時又有，身藍色的翠煙衫，散花水霧綠草百褶裙，身披淡藍色的翠水薄煙紗，肩若削成腰若約素，肌若凝脂氣若幽蘭。折纖腰以微步，呈皓腕於輕紗。眸含春水清波流盼，頭上倭墮髻斜插一根鏤空金簪，綴著點點紫玉，流蘇灑在青絲上，寐含春水臉如凝脂般細巧，香嬌玉嫩秀靨豔比花嬌下的新娘。

綁人的匪子見狀，都嚇破了膽，那還顧得及太多，個個撒腿逃命去了。只是那匪子離開未久，一團白皙如雲般的煙霧隨風而起，後便不見了蹤影。青衣、冷玥等人見狀雖是驚奇，倒不知是為何故，隨來的尼姑見匪子們都那旁離了去，方才隨到了跟前，把青衣等人救了下來。

只是那時天色已晚，且有煙霧如蒙紗般彌漫開來，方才將青衣、冷玥、姣菡三人隨到了不遠處的一座尼庵寺內。只是青衣見那尼姑似曾相識，卻又道不出些緣故來，後又因那尼姑雖曉得自個的生辰八字，卻又沉默寡言，只說自個是死裡面托生出來的人，怕是會召了眾位晦氣，便不曾多說些什麼。青衣方知這其中必有蹊蹺，這便隨了那尼姑的話。

只見眾者繞過那旁的樹林，又穿過幾條溪流，方才來到這尼姑所居住的尼庵寺。且這寺廟映在綠樹叢林中，杏黃色的院牆、青灰色的殿脊、蒼綠色的參天古木，眾人看時，只見大門兩旁早有題好的詩詞，乃：

初到尼姑庵，舊事多纏綿。
拋開塵世怨，佛經幾時念。
紅塵既亂年，只求一處安。

後一則詩句早被刻了去，皆已模糊不清，院內也是塵封土積，蛛網縱橫，裡面的幾尊塑像也已殘缺不全，兩旁的壁畫皆因侵襲，色彩斑駁模糊不清了。唯有幾個尼姑則在另旁念經，並時不時傳來幾聲暮鐘的聲響。

青衣、冷玥等人見狀，更加驚奇，只是一時不明白個道理兒來。俗話說：「屋漏偏逢連夜雨，船遲又遇打頭風。」如今這院子裡頭雖是居住有人，卻見這般狀況，好一似十幾年的光景。院內正堂的西側處，則有一方圓形的水池，水上的白牆，約兩米高，上覆黑瓦，牆頭砌成高低起伏的波浪狀，正中一個月洞紅漆大門虛掩著，似有誦經的聲音隱約傳來，門上則是黑色匾額，上書「佛緣」兩個燙金大字。

走近細看時，又見池中的水清澈見底，唯有兩旁凋落的蓼花。繞過白牆，又走書百步，來到一舊落的竹園。竹園兩旁則是一方排房，且房子大小各一，顏色各異，與竹園前面的一假山相連。

原來沿著竹園中主樓樓廊走到盡頭，便可進入假山峰巔，那是一座黃石的假山，石色近土紅色，只此一色便可生意。

第三十五回 花月幻夢夜遊癡 靈道仙姑後事時

有詩云：

花月幻夢夜遊癡，空恁風情未久持。
山聳巨爐噴紫霧，瀑垂絕壁掛青池。
遙遙無際星寥落，蕭蕭庭院月下時。
天道好無良辰夜，人生逝水醒來遲。

原自那日青衣、冷玥、姣菡三人隨到了尼庵寺後，便住了下來，一來是為了未識之事做打算，二來倒可以順藤摸瓜，摸清那尼姑的身世，只是那尼姑雖曉得青衣的生辰八字，卻未曾多說些什麼，想必定是隱瞞其中的事情，反倒覺得更加奇怪了些許。後因那時天色已晚，眾者方才回房安睡了下來。

只見冷玥說道：「如今雖覺得那隨來的尼姑甚是面善，像是在那裡見過那般，只是一時間又想不起來。」這邊姣菡將床上的被褥整理後，說道：「若真是面善，倒還好說些，如今在外的，倒沒有平日裡的那般安全，凡是都要多留個心眼。」

誰知姣菡的話音剛落，忽聞門子那旁幾聲敲響，冷玥一時間冷站了起來，青衣也跟著隨了過去，推開門時，只見一二十來歲的尼姑，說是送來一些夜宵。且這尼姑娥眉淡粗，臉龐稍胖，鴨嘴兒般的小嘴顯得格外凸出。後方才見這尼姑說道：「聽師傅們說今個寺裡來了些貴客，只是鄙處甚是寒陋，雖比不得姑娘們平日的生活用處，還望幾位姑娘多多諒解。」冷玥謝過後，那尼姑方才辭去，後有青衣細看時卻早已不見了蹤影。

這邊姣菡從屋子那頭走了過來，細看時，雖是些粗糧淡茶，卻顯得不失於一色。後又欲問時，卻不知從何說起，只見眾者飯後睡時，皆已夜後。誰知青衣剛躺下未久，便覺得身子起涼，後便坐了起來，姣菡和冷玥二人雖是在外房就寢，因聽到內房裡的動靜，也都起來了，冷玥剛打起燈時，卻見青衣說道：「這屋子裡的濕頭大，晚上多蓋些棉被，免得明早兒起來時，各個都變成了喪身的啞巴，不聽使喚了。」冷玥應了青衣的話，便那旁滾咕嚕睡去。

這邊青衣蓋了些棉褥，方才睡去。不知不覺已交三更，青衣微覺得身子一陣虛汗，欲翻被褥時，又覺得星眼微朦，只聽得外頭一陣冷風吹過，推開了屋子裡面的門。恍惚之間只見一仙雲靈子從那旁走來，且這仙子宛如白水細雲般輕柔，披散的長髮卻道不清其中的面目，青衣見狀，便一時緊張了起來。

這邊只見那仙姑說道：「姑娘，你且莫慌，你可是那個府家的小姐。」青衣聽罷，這才應了話，後又見那仙姑說道：「若論輩分，我也是你個府家的人，姨媽、舅媽什麼的雖是喊不上，倒也可以論個輩分來，如今我已是死裡托生出來的人，勸姑娘千萬別著了那匪子的道，只是還有幾件事情請姑娘時常記得，不然日後必會釀成大禍。」青衣問道：「倒不知仙姑交待的是為何事。」那仙姑回道：「姑娘可還記否當日明珠過大壽時的場面，俗話說『盛筵必散，月盈必虧。』，回過頭來究不過是舊夢一場，且說那時，恰為三年之約，姑娘方可回府接回夫人，只是那時還有一劫，若要化了此解，只需那時風風光光的把夫人接回，免得別人多說閒話。這第二件嘛，還望姑娘日後別入戲的太深，別把『情』字也隨了進去，俗話說：

無情多處卻情多，情到無多得盡沒。

解道多時情盡處，月中無樹影無波。

姑娘只曉得這其中的七音八律便是了，第三件事乃是明府家的事。他日我曾見到過明府上的人，雖說各個多是些直爽的性子，倒是為人都還不錯，姑娘日後盡可放心在明府上住著，倘若日後有什麼不周全的傷心事，想必明府也會念在舊日的恩情上，出來幫忙的。」

青衣聽罷，一時不解這其中的意思，便問道：「不知仙姑何時做了倜府的人，倒也未曾聽人提起過，且又何為三件事情。」那仙姑聽罷笑了起來：「姑娘真是貴人多忘事，只是我在倜府待的日子不長，倒也怨不得姑娘。只是這三件事情，日後姑娘便知曉了，如今我也該走了，還望姑娘多記得交待的事情，以免他日良成大禍了。」

只見那仙姑說罷，便隨著一陣風吹，不見了蹤影，後有青衣那旁跟去時，也只聽得唰唰的竹響聲。

第三十六回　假山寺旁道仙境　枉做此生無花魂

有詩云：

顏如花色畫難成，命如葉薄可憐生。
浮萍自合無根蒂，楊柳誰教管送迎。
雲聚散如月虧盈，海枯石爛總堪情。
怨得只影仙河畔，腸斷枯荷夜雨聲。

且說青衣聽了仙姑的話，恍恍惚惚中雖是覺得身子不適，卻又道不出些緣故來，只是在床上翻來覆去，胡亂說些什麼。這邊又有冷玥起身端來一杯涼茶，方才叫醒青衣。只見青衣醒時，早將被褥遢濕一大片，且渾身發燙，好一似大病初癒那般。冷玥見狀便說道：「姑娘今個可知身子虛弱，舊病纏身。」

青衣接過茶後，喝了幾口，又回想起那仙姑交待的事時，早已忘了一大半，抬頭只見窗外天色也已初明，這才說道：「昨夜可有什麼人來過沒，一切可否安好。」冷玥聽罷，方才知曉原來是噩夢一場。

這邊姣菡也從熟睡中醒來，眯著眼睛，甚有一絲睡意。「今個天色還早，姑娘再躺會，到時候，我只管叫姑娘就是了。」冷玥說著，把旁邊的窗戶打了開，青衣只覺一陣清風吹來，這才睡了去。

又幾時，青衣方才醒來，且天色早已透亮，恰有冷玥從外面打過一盆水來，這邊姣菡也早已醒來，隨了昨個的場子出去溜達了，如今早已不見了蹤影。

青衣起床時只覺得自個渾身無力，好似弱柳扶風那般。冷玥見時，又因昨個青衣睡時流汗過多，恐多半是那時烙下的這弱根子，便拿了平日一些驅寒溫暖的藥，青衣喝罷，這才逐漸有了些好轉。

誰知青衣剛洗刷完時，恰有昨夜的那尼姑傳過話來，說是師傅們今個有事外出，還望姑娘們多留下日子，等師傅們回來了，自然有個明白之理。青衣問時，那尼姑回道：「每到九月中旬的時候，師傅們都會下山，各寺會相聚到一起，商議重事，只是今個怎就提前了，我們也不知曉。」青衣道：「俗話說『去得了初一，莫過於初五』卻不知你這師傅們多長時間才會回來。」尼姑道：「一般誰也說不準，只是適時而定。」青衣又欲問時，卻見那尼姑不曾多說，稍刻又見幾位尼姑從那旁端來一些茶飯，只見眾者將昨夜的飯菜撤去後，方才離開。

這邊青衣、冷玥二人仍未見姣菡其人，心裡倒有些憂慮，又因這寺院是個陌生的場子，唯恐姣菡再惹出個事端來，便隨了冷玥一塊出來尋找姣菡。只是青衣、冷玥二人剛出屋子，便看到姣菡在那旁的假山處逗留，這便都隨了過去。

原來這假山雖是早年間修建的，只因這寺廟原本就在山上，又加上多年來的雨水，倒如真的那般，又趁著霧氣，顯得活靈活現。撩開雕花的閣門，只見假山的對面，有一座數百丈高的大山，大山的頂部，有一座潔白而又美麗的塔。塔共九層，呈四邊形，塔尖是紅色的，其他部分則呈白色，塔的中間則為一鼎鐘鼓，並時有鐘聲傳來。且每層塔各顯其峰，亭亭玉立，環繞於綠林之中。

大山的兩邊還有兩座小山。在大山和兩個小山中間，各有一個小涼亭，涼亭的「屋簷」是紅色的，底下是支撐「屋頂」的四根柱子，是黃色的。涼亭的下面，還有一階兒臺階，臺階各連著一座拱橋，是通往大山的必經之路。水池中屹立的假山，由一個個交錯的臺階相連，且臺階上各有雕甍的繡檻。水旁的竹蕉顯得格外妖人，且亭臺樓閣，池館水榭，皆映在青松翠柏之中；假山翠石，池中窺物，藤蘿翠竹，點綴其間。後有一詩云曰：

> 莖葉蔥蘢翠如春，孤芳自賞浮紅塵。
> 唯恐一池忘情水，枉做此生無花魂。

且說大山的這邊則是一座座相隔的假山，與大山剛好構成對稱的形式，且每個假山旁邊各有一個樓閣，樓閣則由青磚灰瓦建成，石基的飛簷彰顯出幽韻之風，四角微微翹起，仿佛凌雲駕霧，只是形體上小了些，且每個亭子都與一座拱橋相連，數百條的臺階縱橫交錯，構成一副人間天堂仙境圖。

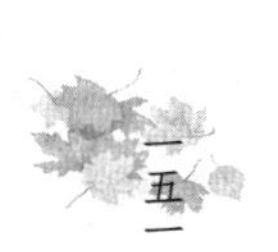

青衣、冷玥二人走過細看時，又見其中一座假山上寫道：

窗滿蕉蔭亭閣天，香風時度竹欄邊。

莫問春時秋無價，笑倩金蓬上玉肩。

第三十七回　塵機莫歎仕途偏　假山雲霧道亭旁

有詞曰：

花雕酒，醉闌珊。塵機莫歎仕途偏，世患易水難。
桃滿面，嬌食寒。撇卷臨摹成詩篇，落筆方心酸。

且說青衣、冷玥二人，走近假山那旁時，恰有姣菡在一樓閣處，忙著戲水草物。冷玥、青衣二人見狀，倒是覺得十分奇怪，後有姣菡說道：「姑娘有所不知，這可是上等的草藥，一般人可不曾曉得，只是我在小的時候，就曾以此物熬藥，專治些風濕、傷寒的痛病，多會了，給姑娘熬些，包管見效。」

原來此物乃龍須之類，且龍須緊小而瓤實，此草稍粗而瓤虛白，多以澤地為生，是個難尋的準兒。姣菡見此物便一眼曉得，此非絕類，卻如珍物那般。青衣雖不識得，倒是聽人提及過，此物乃水中靈物，只需一株，便可拭去那夜熬的倦苦，尤如玉露瓊漿那般神效，且有詞曰：

夜不合眼欲難睡，燈草煎湯茶飲水。

這邊青衣只說：「原來是為這仙草靈物，雖是沒有見過，倒是早年的時候聽別人提起過，

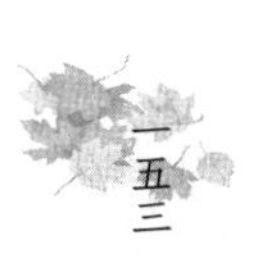

此物甚有靈氣，倒真如說得那般怪態？」姣菡回道：「唯有霧氣時分方可開花，等霧氣散去，便如曇花般逝去。」說著便攏幾株採來的株草。青衣細看時，只見此物內棄滿乳白色髓，且葉片早已退化，呈刺芒狀。花序處假以側生，聚傘狀，多花，有或密集處，有或疏散處，嗅時又有一股刺鼻的芬香撲來。

誰知，忽一時，只見霧靄溟蒙，截然劃湖之半，從大山那旁撲來，青衣、冷玥、姣菡三人看時，只見霧氣彌漫整個天空，隱約中似有一其物窺動。走近細看時，又有萬道白牆滾紅霓，瑞氣千條噴紫霧那般滾來。碧沉沉的涼亭，乃琉璃造就，明幌幌的柱閣，乃寶玉妝成。且柱上纏繞著金鱗耀日赤須龍；又有幾座長橋，橋上盤旋著彩羽凌空丹頂鳳。明霞幌幌映天光，碧霧濛濛遮洞口，複道回廊之間，處處玲瓏剔透。

走近洞時，只見四面蒼峰翠嶽，兩旁崗巒聳立，滿山樹木碧綠。後見洞內佳木蔥蘢，奇花閃灼，一瀉清流曲折於山隙之間。且洞中曲徑通幽，石柱環抱相囊，各有題處，青衣等人細看時，只見其中一處以〈落花蠻〉寫道：

昨日殃花花歲寒，今日見花花朵殘。
花絮飄飛逝滿天，一朝秋風伴夜前。
殘花飛逝不懂愁，花之愁眉總堪憐。
花開易見落難尋，枝分連理斷舊緣。

映簾夢斷聞殘語，獨望殘月何時圓。
愁幾許，誰人知。淚眼問花，淚盡花幹人憔悴。
別難尋，逝盡頭，花落人亡，枉生此做落花蠻。

這邊及至數步，又見一處以〈相思處〉點著，只見：

閣門深處入雲樓，君可知我為誰愁。
不見相思兩點淚，一縱從春流到秋。
雨繞群山翡翠妝，浮雲任風巧迷藏。
秋風暗拭相思淚，點點芳心抱玉廂。
晶瑩香瞼凝水痕，窈窕柳姿斂留殤。
冰清最稱相思語，緣起空靈寐三紡。
綠葉迎風最有情，驚鴉落雁亦蒽香。
相思化作淚點雨，秋色濃濃水清茫。
月不傳情自心傷，缺圓時有聚無常。
悠悠暗夜執著顧，只為一人泛淚光。
閨中相思亂青鬢，閒時月冷歎伶囊。
淚雨滴上紅葉箋，肯請青鳥送姻裳。

沿著山隙數步之後，又見一處以殘花香牌名，乃〈醉夢長〉：

風住殘香花已涼，立盡飄絮影難雙。
星如雨、雲煙渺，青絲飄逸思念長。
紅塵路上獨徘徊，獨孤夜裡誰來嘗。
恨今生、夢太長，雙手輕撫淚成行。

另處則以〈雨中花〉寫道：

滴水成珠凝玉露，嫵媚多姿人皆慕。
戲弄羅衣，花蕊漸落，誰念淒然顧。
一縷沁香樓臺湖，數度傷心誰人妒。
孤枕難眠，填詞慰暖，此情倩何處。

只見冷玥說道：「好一似人間仙境，竟這般奇妙。他日倒曾在那裡見到過，今個只做舊日的重別。」這邊青衣道：「秋呈金色，東現銀相。金銀之色，到頭皆空，人至賞此景，貴在真情相續，則實為超色既空，得自大哉，獲大歡喜也，乃以『無亭緣』為名」。看時，又見亭子旁邊有一處詩云：

事古古今今作古，情真貌假假如真。
莫云今朝假如眉，須想當年真處門。

第三十八回　青衣回東隅門府　玳萱訴世間陳桑

有詩曰：

萬代春秋一卷藏，通古博今世無雙。
文人墨客惜為友，道盡塵世莫滄桑。

只見青衣、冷玥等人在假山處逗留數會後，卻被一尼姑給瞧了個正著，後便遣了回來。說是後院那旁，只有到十一月的時候才會開放，平日裡倒多是緊閉閣門，今個怎就打開了。青衣等人見是寺院的規矩，說了些客氣的話，便離開了。那尼姑見眾者離去之後，方才緊鎖了閣門。

這邊卻見姣菡冷話道：「他日倒不知這尼庵寺有幾曾的風光，只是今個見了我們，倒像是見了那個王子貴孫那般，怕是會玷他們的晦氣，掃了他們的興。」青衣見姣菡雖是說了些風涼話，也沒往心裡去。

誰知到了晚上，姣菡出來打水之時，恰巧聽到了屋內幾位尼姑們說的話。說是那尼姑昨晚下山回來的時候，在沉香隅那旁見到了死人，如今誰也不清楚到底是誰，只是覺得那人似有升天回法之術，輕飄飄的樣子。那尼姑只是看了一眼，便不再多看，唯有不識其模樣。

姣菡回去便將此事告訴了青衣、冷玥二人。青衣聽罷甚是驚奇，說道：「那門子的事兒，怎會道個死人來，恐多半是你著了他人的道，胡亂說些什麼。」這邊冷玥也雖覺得寺廟裡有些奇怪的地方，卻說不出個究竟來。

後幾日，青衣仍未見那日在沉香隅碰到的尼姑，只覺得不太對勁，便辭了去，回到了侗府。只見那日青衣、冷玥等人回到侗府時，已為夜半。這邊方才有玳萱、平夫人隨了那傳話的，趕到了侗府。

且說二日青衣、冷玥等人，隨了玳萱一塊回到了明府，羅母見了青衣，傷心話少說，只是一把將青衣樓了過去，青衣也早已泣聲連連，將他日的委屈，一併釋發了出來。玳萱、平夫人、雁葉等人也都強按捺住眼中的淚珠，不做聲張。後方才見玳萱說道：「夫人莫過悲傷，如今姑娘們托了您的福，各個都是福大命大，逞嬌呈美。今個又見到青衣姑娘平平安安回到明府，正所謂正是：

禍兮福所倚，福兮禍所伏。

且為皆大歡喜之時，倒何為離別之際那般的傷感。」羅母聽罷，這才止住了眼中的淚水，後便說道：「今個只做個舊日重逢的日子，傷心的話少說。」且見羅母說著將青衣引入座，後便問起些這事出的緣故，他日可曾受到過些什麼委屈，儘管說來，只是有不周到的地方，定會有個明白的理兒。青衣拭去了眼中的淚水後，這才在案旁坐了下來，玳萱、平夫人等人也都那旁入了座，後又見雁葉、冬梅等幾位丫鬟端來一些茶果。

這邊且說容若正在屋子外面閑賞茶花之時，卻見雨萱傳來話說，說是聽聞青衣回來了，那容若正愁著沒處歡喜，這邊一聽，甚是高興，只問青衣何時回來的，今個又在那個閣子裡，雨萱聽罷，則是一一回了容若的話。

只見容若到達馨覺苑時，已有玳萱、平夫人等人那旁就座。容若請過安後，方才說道：「原來各位姐姐、妹妹們，早已經到來了，我倒是姍姍來遲了，卻不知該罰不該。」

玳萱聽罷，則說道：「該罰，該罰。到時候，該多罰罰我們家裡的這位混世魔王。」這邊青衣聽了，止不住笑出了聲。羅母說道：「他日裡也未曾見到過你，今個倒是不請自來，恐怕一時半刻見不到你這位妹妹，還止不住再鬧出些什麼事端來。」這邊說罷，又吩咐玳萱在繁怡齋備些晚宴，雁葉則熬了些驅寒的湯藥，送往怡馨苑內。

且說當晚容若因在繁怡齋玩的盡興，便早早回去歇著了，後方才有青衣、明惠等人辭去。這邊雨萱親暖錦衾，鋪排完畢，摘下金鉤，放下紗帳後，方才恭請容若入帳安歇，自個兒則是掩門出來，佈置一些明早個的熱水爐火，又親查燭火。誰知走到怡馨苑的時候，只聽見屋子裡面說話的聲音，喋喋不休。這便湊了過去，只說，青姑娘這會兒還沒安睡呢。青衣聽到外頭有聲音，便讓冷玥出去開門，冷玥看時只見雨萱一人，便回了青衣的話，是雨萱丫環。青衣這邊從床上坐了起來，說道：「原來是雨萱，快進來吧。怎麼這會兒轉到了這裡。」

雨萱回道：「剛把床上的被褥鋪好，將少爺引入帳中。又因屋子裡頭悶，這便出來走走，只是走到你這兒時，聽見屋子裡頭熱熱鬧鬧的，便駐下了腳，前來看看，順便問一下，看姑娘需要什麼不，趕明個了，我給夫人那邊說一下，順便讓那個婆子帶來，省得麻煩姑娘再跑來跑去的。」

這邊青衣將雨萱引入屋中，又遣冷玥沏來一杯熱茶。

第三十九回　雨萱至怡馨覺苑　青衣訴歌舞藏圖

有詩云：

一窗秋雨助窗秋，半起愁腸滿客愁。
便許秋心與秋色，飄零滿地自悠悠。

且說雨萱走進屋時，便有一股細細的甜香襲人而至，雨萱只覺與先前有很大的變故。房前雖寬丈數許，屋內卻窄了些許。且東壁掛有二喬春睡圖，西壁掛一美人梳頭歌，細看時，又覺得好生的眼熟，且上有歌曰：

古夜已沉深
銅雀臺上賦千秋
誰解當年傷心處
東風何時休
煙雨過後花滿樓
春色不如二喬秀
自古帝王多風流

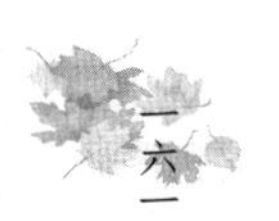

長逝真情傷心頭

壁下則為二犀皮桌相對，一放筆硯文房具，一放妝奩梳掠箱，小花瓶插海棠一枝，花箋數番，玉鎮紙一枚。檻窗則以綢紗鑲嵌其中，窗下繚以粉牆。牆內疊石為台，臺上牡丹數本，四傍佳花異草，叢錯相間。

這邊雨萱接過茶後，方才說道：「原日裡倒是見姑娘的屋子裡頭多是些繡畫什麼的，今個怎就喜歡上了這二喬春睡圖。我雖不曉得這詩詞歌賦，倒可看出姑娘傷感之處偏多。」青衣回道：「雨丫頭果然好眼力，不瞞你說，那些繡畫早已過眼皆空，到頭來，終究虛夢一場，還是實體的好些。」

且說這二喬春睡圖和那梳頭歌，是他日甯國公送來的。只是那時甯國公來侗府看完戲後，曾問我說，這戲臺可有對聯否，我這便回道『俗話說入戲皆入眸，過眼皆為空』，便以『紅樓遺夢猶未盡，青史百朝演為情』為題。甯國公聽罷，便問何解，我說『人生在世，莫過於空字，古今中事，莫求於虛實。到頭來，終究是一場空，說什麼胭脂香粉、道正濃，到頭來依舊是滿霜添了雙鬢茸。』

甯國公當下便大為稱讚，並親自額手題寫。後二日，又見那甯國公送來一幅匾文，上面刻有「紅樓遺夢」的字樣，且有二喬春睡圖一副和梳頭歌一副，還說什麼高山流水，難遇知音人，解鈴人還需繫鈴人，只是那時聽了甯國公的話，也不知道其中的含義，倒真覺得是個謎了，今個仔細一想，你還別說，真就那麼一回事，於是就順便帶了過來，掛在牆上，倒可多威風些。」

雨萱說道：「原來這二喬春睡圖和梳頭歌，乃是甯國公相贈的，只是他怎就喜歡上了這春睡的圖，早年的時候，倒也隨過場子，去過那寧府。雖說談不上是王侯將相，倒也差不到那裡去。只是姑娘可有所不知，咱們的閣子裡倒還好說些，倘若讓外人看到了，定會來個事前莫後的罪名，還望姑娘三思，平日裡別讓他人多看到便是了。」

這邊青衣聽了雨萱的話，雖知其解，只是說道：「姑娘倒可放心，如今我這屋子裡，那會被人看了去，再說了，倘若真的被他人看去了，也未必就能曉得這其中的含義。平日裡，只管多緊閉房門些，便是了。」

這邊又有冷玥端來一些水果，放於案旁。青衣因見雨萱對這些字畫，獨有甚解，便說道：「瞧我這記性，只顧說話，倒是忘了，昨個在府上還帶來了幾幅保留下的歌舞圖，只是一直也想不出個究竟來，今個又見丫頭獨有甚解，倒不妨說解說解這其中的含義。」青衣說著便從檀香木質的匣子裡面拿出了一副歌舞圖，雨萱這邊則是一再推讓，只說：「怕是讓姑娘見笑了，我雖不懂得這詩禮藏香，也不曾讀過什麼書，只是曉得幾個字而已，怎會解得開這裡面的含義。」

青衣見雨萱一番謙詞後，方才說道：「解得開，解得開。」這邊又將歌舞圖，放於案旁

一角處，雨萱看時，只見：

一襲紫色衣裳，外批一襲青色紗衣。肩上有一條用上好的淡淡的黃色線條構成的披風，裙上繡著白色的百合，那白裡透著點紅，就猶如那白皙紅潤的臉龐。上層頭髮盤成圓狀，插著幾根鑲著綠寶石的簪子下層將三千青絲散落在肩膀上，耳墜也是鑲著綠寶石。白色的玉頸，帶著珍珠和綠寶石相間的項鏈，為玉頸添了不少風采，白皙的臉龐上粉嫩的朱唇顯得嬌小，那玉手正在小心翼翼地撫著紫檀琴，彈奏著一方歌曲。

其下有其詞曰，乃：

素肌不汙天真，曉來玉立瑤池。亭亭翠蓋，盈盈素靨，時妝淨洗。太液波翻，霓裳歌罷，斷魂流水。甚依然、舊日濃香淡粉，花不似，人憔悴，欲喚凌波仙子。

這邊又有清平調，上賦三首，只見其一處寫道：

雲想衣裳花想容，春風拂檻露華濃。
若非群玉山頭見，會向瑤台月下逢。

其二處寫道：

一枝紅豔露凝香，雲雨巫山枉斷腸。
借問漢宮誰得似？可憐飛燕倚新妝。

其三處寫道：

名花傾國兩相歡，長得君王帶笑看。

解釋春風無限恨，沉香亭北倚闌杆。

雨萱看罷，急忙說道使不得，使不得，姑娘可有所不知，這家裡的事，那有不外傳的，前些日子，還見婆婆們在私下裡到處議論呢，今個又見你拿出這歌舞圖，只是這讓別人看到了，正愁著閒話沒處說呢。

第四十回　青衣獻計謀良策　倧老太過八十壽

有詩曰：

又見桐花發舊枝，一樓煙雨暮色淒。
憑闌惆悵人誰會，不覺潸然淚眼滴。
層府不見嬌豔姿，佳節纏哀不自持。
空有當年舊煙月，誰人何曾莫云堤。

這邊青衣問道：「何解」，雨萱回道：「還不是那幾位嬤嬤，仗著自個的年齡大，私下裡議裡論外的，如今這外面的事，那一件不是他聽了去，然後道於外人的。且說那天還見玳萱為這幾位嬤嬤的事兒，心尖兒冒火。」青衣聽罷，則笑了起來。雨萱見狀，不知其解，只問：「姑娘可有何良策？」這邊方有青衣說道：「謠諑止於安民，要安民，先順心，欲順心，打開天窗說亮話。」雨萱問道：「何為打開天窗說亮話。」

青衣道：「第一樁，就是梳理通明。要讓這些嬤嬤們心裡明白自個的活，多讓他們忙一些，俗話說『人忙則嘴少』，嘴少了便自然不再私下裡去議論。這第二樁嘛，乃是精兵簡政。府裡原攤子就大，靡費過甚，今後精兵簡政，倘若有那個婆子、嬤嬤們因吃不消而不願留下的，只管隨了他去。願意留下的，銀子什麼的，定會少不了。

至於第三樁，俗話說『家有家法，道有道規』如今需要重新在府上定下規矩，這府裡雖說是人多，照顧的也不應齊全，倒是家法不能費，倘若人人都拿來當作是一張白紙，那還有說理兒的。」

雨萱贊道：「姑娘好計謀，我先是心服口服，倘若讓玳姑娘知曉了，止不住有多高興呢。」且見雨萱又幾番閒話後，方才離去。

後二日，玳萱從閣香園那旁經過之時，恰巧碰到雨萱和一府廝在河池裡面採集蓮子。玳萱見狀，甚是不解，反問起來，說是這蓮子平日裡也未見有曾少過，怎就這會兒到河池裡面採集蓮子了。雨萱這才回過頭說道：「姑娘有所不知，閣子裡面放的蓮子，已有數日，如今早已過了佳期，倒是這池子裡的蓮子，不僅新鮮，更有營養。多會了，我給姑娘們都送去些，讓大家嘗嘗鮮。」

玳萱道：「倒是麻煩丫頭了，我這裡倒是謝過了。且說他日還見芷蕊喝了剩下的蓮子湯，鬧肚子呢，大家也不知道是怎麼一回事，恐怕是吃了什麼不乾淨的東西，也沒往心裡去。今個聽丫頭這麼一說，也覺得那蓮子已有數日。」

二人又幾句話語之後，方才離去。誰知下午，雨萱便將採來的蓮子送往莀廂苑，子衿與熙嬤嬤，則送往逸雨樓和怡罄苑那旁。且說玳萱見了雨萱，甚是感謝，雨萱道：「雖是這蓮

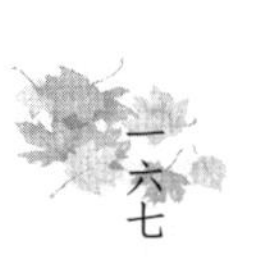

子，倒是也打不了幾日了，如今雖是秋季快要到了，權當讓姑娘先嘗個鮮，等來年的時候，提前多準備些，順便將那蘆草鋪子種下，來年了，多有用處。」

這邊又有雨萱將那日青衣說的計謀，道給了玳萱，玳萱聽罷，止不住地贊好，當下便讓芷蕊給記了下來。

又幾日，乃倧府倧老太太的八十大壽，一清早，便有玳萱、平夫人二人被冬梅給喚了去，說是近日夫人忙裡忙外的，倒是把壽樟的事兒給忘了，雖是昨個睡覺的時候突然想起，倒是當時天色已晚，恐怕場子那旁也早已關了門。

如今按照夫人的吩咐，去唐硯街那旁將裱好的壽樟給取回來，順便再買些紅絲線綢，綁在兩旁，俗話說「紅絲綢線剪不斷，連綿長壽過萬年」。取其「連綿不斷，長命百歲」之意。

玳萱、平夫人二人則是順了羅母的吩咐後，方才辭去了。這邊卻說雨萱正在屋子外面打水的時候，忽聞屋內幾聲咳嗽，便匆忙趕了過去。雨萱看時，只見容若面色有些蒼白，額頭上一些虛汗，方才明白原來是昨夜睡的時候，因嫌屋子悶熱，便將窗戶打開了，誰知後半夜寒氣沁人，竟忘了關，想必定是著了些寒氣，才引發的咳嗽。

這邊方有雨萱端來一杯溫茶，容若喝後，又問已經幾時。雨萱道：「五時已過，只是這會兒還早些，少爺再睡會，我這便去熬些前幾日，子衿在榛嬤嬤那邊取來的一些驅寒溫暖的藥材，倒時候自然會叫醒少爺。」容若這才躺下，又見雨萱將窗戶放了下來後，方才出去。

第四十一回　漫漫人生亦彷徨　悠悠往事話炎涼

有詩云：

漫漫人生亦彷徨，悠悠往事話炎涼。
春花秋月飄逸景，夏韻冬殤畫閣藏。

且說雨萱辭去後，便從後院的一間廂房內，取了些子衿前些日子在榛嬤嬤那兒拿來的一些驅寒的藥材，誰知，雨萱剛從屋子裡面走出時，恰巧碰到子衿在後院那旁忙著熬些蓮子湯，子衿見狀，便問容若的病是否又犯了，如今傳到了夫人那邊，該怎麼解釋，雨萱則是回道：「只是些著寒，熬些藥，也就過去了，並無大礙。」子衿聽後，這才安心。

又幾時，天色已經透明，且見玳萱、平夫人二人從唐硯街那旁趕了回來，這邊又有玳萱遣了幾位丫鬟，將壽樟抬到馨覺苑，先讓羅母道個明白，看那裡有不周全的。丫鬟們接過壽樟後，方才小心翼翼地朝馨覺苑那旁走去。玳萱則是先去萇廂苑，將往日的賬目過目後，又吩咐芷蕊將賬目送往閻夫人那邊，平夫人也因閣子裡幾位嬤嬤的事情，先行告退了。

這邊，子衿將蓮子湯熬好後，仍未見屋內有任何的動靜。心裡雖知容若昨個沒有睡好，只是今個乃是倧老太太的壽辰，怕是去晚了，不僅丟了場子，傳了出來也會被外人笑話的。

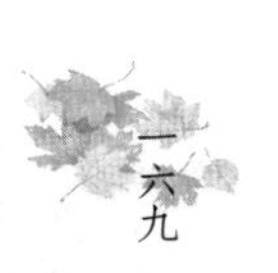

心裡面正在琢磨之時，卻見雨萱從那旁趕了過來，說是湯藥熬好沒，子衿回道早已熬好只等著少爺起來呢，雨萱問道：「又幾時刻。」子衿道：「三刻一時。」雨萱聽罷，這才朝屋子那邊走去。

卻說雨萱走進屋時，仍見容若正躺在床上，翻來覆去，方才說道：「少爺該起來了，如今天色早已透明了，況今個乃倧老太太的八十大壽，待會夫人那邊傳過話來，也不好交代。」容若只是側了側身子，說道：「管他呢，他八十大壽要我去作甚？到時候也不過是隨了些場子的活，不去也罷，反倒圖個清靜。」

雨萱倒是心頭一急，回道：「少爺可有所不知，上次倧老太太回府來，還止不住誇少爺，說是不僅人長得風流倜儻，更是寫的一手好文章，大家見了真真是心服口服呢。」容若道：「何時曾讓那倧老太太見了去，我倒也未曾聽人提起過？」

雨萱說道：「少爺真是貴人多忘事，上次倧老太太來府上，路過蒝廂苑的時候，還在閣子那旁看到了少爺寫的那首〈浣溪沙〉，老太太看後，甚是喜歡，當下便隨了夫人，進到閣子裡頭，夫人見老太太獨愛有加，便讓人給裱了起來，送給了老太太，老太太細看時，方才知道是少爺題的字。」

容若聽罷，方才想起，原來那日倧老太太來府上做客，恰巧趕上與玳萱、明惠、青衣等人在蒝廂苑內戲玩，只是那時大家只覺得無聊些，方才以詩詞對題，玳萱聽罷，則大為贊成，說道：「雖是我這詩詞歌賦不如大家，倒還可以吟上幾句，湊合湊合，不至於丟了場子，只怕是多讓大家笑話罷了。」明惠這邊也說道：「玳姐姐所言極是，只是這詩詞歌賦能吟得來便是了，倘若連吟得也沒處說，恐多半是那裡逍遙自在去了。」

青衣雖是平日裡多以刺繡、戲曲為樂，倒也學過一些詩詞歌賦，便以〈世間戲〉為先詞，題道：

存一點素心，唱兩句皮黃；
享三道美景，撫四面清風；
弄五音絲弦，去六欲七情；
道八九故人，問佛門可依？

眾人聽後，皆說甚好，明惠則以〈亂彈琴〉題道：

同生今世亦前緣，道盡滄桑一夢間。
往事不堪回首論，放生池畔憶前愆。

眾人聽後，唯有玳萱甚是不解，便問明惠，何為「池畔憶前愆」，明惠解釋道：「只是聽書裡說相傳西方三生河畔上的仙子，雖是前世修來緣分，卻耽了期限，誤了延期，到頭來，反是不堪回首。」玳萱聽罷，方才明曉，這邊又有容若以〈浣溪沙〉為詞，題道：

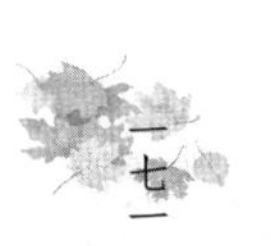

誰道飄零不可憐，舊遊時節好花天。斷腸人去自經年。

一片暈紅才著雨，幾絲柔綠咋和煙。倩魂銷盡夕陽前。

眾者因知道容若平日裡，傷感之處偏多，便不多問細由，皆說甚好。這邊，玳萱仔細琢磨起來，倒是覺得容若的詩詞裡面別有一番風味，後便將容若、青衣等人的詩詞題在閣子裡面，誰知那日恰巧被倧老太看了去，且說那倧老太雖是年近八十，倒是對詩詞頗有心得，正所謂是：

年逾八十不服老，精益求精著文章。

千錘百煉得佳句，一生心血凝書香。

容若這才回道：「這等舊事，你又提它作甚。」雨萱見狀，又幾番勸說，容若方才起來。又問可有傳過話來，雨萱道：「還沒，恐這會兒，大家正忙著呢。」

第四十二回　一縷沁香樓臺柱　數度傷心道誰顧

有詞曰：

滴水成珠凝玉露，嫵媚多姿人皆慕。戲弄羅衣，花蕊何起，誰念淒然顧。

一縷沁香樓臺柱，數度傷心道誰顧。孤枕難眠，填詞取暖，此情寄何處。

這邊雨萱從櫃子裡面將前幾日剛準備的衣服，拿了出來，容若穿上時，且見：

內披一件乳白色的雲紋聯珠對孔雀紋錦衣，用淺銀色的絲線在衣料上繡出了奇巧遒勁的槿花鑲邊，外罩墨色的綢錦衣袍，袍內則恰巧露出銀色鏤空木槿花的鑲邊。頭上戴著一頂黑絨絲綢錦棉帽，且上嵌有紅色的寶玉珠石。束著一條攢花長結穗宮絛，腰間繫著一塊翡翠玉佩，登著黑緞白底的小朝靴，平添了一份儒雅之氣。

後又見子衿端來蓮子湯和熬好的一些湯藥，放於案旁。誰知子衿剛將湯藥放下，便有冬梅傳過話來，說是夫人那邊催著大家準備好了沒，如今這邊趕著去倧老太太那邊做壽禮呢。

子衿則回了冬梅的話，少爺只是昨個著了些風寒，這會兒喝些熬得湯藥，就去了，還讓夫人那邊多做放心。

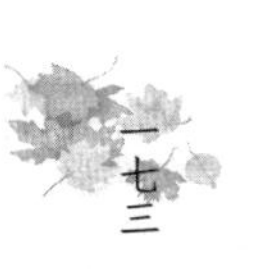

這邊，卻見容若從屋子裡頭走了出來，方問何事，冬梅則回道，說是倧府那邊傳過話來，催著大家去倧府做壽呢，夫人這邊也急著讓大家先過去，好方交待事故，容若說道：「你且回了話，我這便隨了去，只告訴他不等一時三刻。」這邊又問道，如今都誰隨了那場子，冬梅回道：「他人倒不曉得，只是見了明姑娘、玳萱、閆夫人、平夫人等人，這會兒恐正等著他人過去呢。」

只見冬梅辭去後，容若方才遣了雨萱一塊朝馨覺苑那旁走去。不想容若二人沒走幾步，天氣陰沉了下來，淋淋瀝瀝下起了雨滴，且陰沉的天氣，兼顧那雨滴竹梢，冷冷作響，更覺得那般淒涼。雨萱雖知秋霖脈脈，陰晴不定，只是半路上真的淋起大雨來，定會丟了那場子。誰知這時，子衿從閣內跑了出來，將容若在雨天裡穿的蓑衣給拿了出來。這邊又有郢嬤嬤遞給雨萱一把油紙兒傘，容若看時，倒覺得這油紙傘不像是在閣子裡面見到的，細看時只見上面：

海棠花開的正豔，黃鶯兒則在枝頭似有鳴叫。其旁則有一飄廖裙襖裹緊綢緞的女子，正瞋目相望，且這女子藍蝶外衣遮擋白皙肌膚。周旁藍色條紋，惟有暗暗淡光。晶瑩剔透的倒墜耳環垂下，散落肩旁的青絲用血紅桔梗花的簪子挽起。斜插入流雲似的烏髮，薄施粉黛，秀眉如柳彎。額間輕點朱紅，卻似嬌媚動人。纖手將紅片含入朱唇。慵懶之意雖不掩飾。卻在那冰藍的眼眸裡，流露出一份淡淡的憂傷。

下邊則有一日期，乃壬辰臘月初七。容若看罷，則說道：「好生的眼熟，真真的在那裡見過一般。」子衿說道：「你要真的在那裡見過，也不覺得稀奇，只是這傘原日裡是青姑娘那兒的，那日因走的太匆忙，便把這傘給落下了。今個見外頭下了雨，恰好就把青衣的傘給拿了出來，等改日天晴了，送過去便是了。」只見雨萱、子衿二人將容若的蓑衣披上後，方才離去。

且說那日容若去傺府時候，陰雨綿綿，好不歡喜，又因青衣這幾日身體不適，再加上前些日子的一些風寒，留在了怡馨苑裡。玳萱也因府上的一些事情，先辭了去，唯有閆夫人、平夫人等人強打著精神，撐些場面。容若想罷，更是覺得已有幾日未見青衣，如今之事，更無關風月，也別無雅致，做完壽禮，吃過午飯後，便匆匆忙忙趕了回來。

這邊，只見怡馨苑內，雨點敲打著青瓦，綠水縈繞著白牆，青衣倚在靜幽深居的窗畔，輕撫著朱漆猶存的斑駁欄柵，望著窗外的淋點雨滴，想起當初倚欄舞扇的歡愉，恍如隔世。雨蝕泛白的木雕上，海棠花瓣漸漸凋零，蛛絲兒似有掛滿的萎靡紗帳，浮塵則是遮蓋了往昔的點滴。古菱鏡裡，看不到笑點朱唇的紅顏。

青衣知道這會兒，不該有誰來，只是想起往日的情景，更覺淒涼。冷玥見狀，雖是心疼，卻又不知從何說起，只是吩咐鄆嬷嬷，先熬些湯藥備著，等涼些時，好讓姑娘喝。

那綺夢聽了冷玥的話，也隨著鄆嬷嬷，一塊去了。青衣雖是心裡憋屈，竟無處發洩，只

是隨便在案旁拿了一本書，看時卻是一本《西疇詞》，上有〈情閨怨〉等詞。

第四十三回　一生辛苦非尋常　半世浮萍道塵桑

有詩云：

一生辛苦非尋常，半世浮萍道塵桑。
富貴貧賤人情惡，悲歡離合世炎涼。

且說容若從倧府趕回來後，直直朝怡馨苑走去。這邊青衣剛喝完藥，準備午憩之時，卻有冷玥傳過話來，說是少爺來了。話音剛落，只見容若頭帶一頂大箬笠，身披竹雀色的蓑衣，從那旁趕了過來。青衣見狀很是驚訝，如今見容若突然回來，想必定是發生了什麼，只問：「今個乃倧老太太的壽辰，你竟何時回來的，如今夫人他們倒可安好？」容若道：「他的壽辰，要我去作甚，只是原來就不該隨了那場子，又碰到這癩頭天氣，先是掃了興不說，又沒個隨理兒的說。只是做過陳壽，吃了午飯，便趕了回來。」

原來容若去倧府之時，恰巧碰到了菡仲等人，俗話說「不是冤家不聚頭」。後容若強忍著吃過午飯，便辭了場子。倧府的人問時，平夫人只說是容若這些天，因天氣的驟變，冒了些嚴寒，今個雖是強撐著場面，便讓他先去了，等過後了，再讓他前來請罪。誰知倧老太知道後，不僅沒有怪罪，更是關心了起來，又讓憶柳拿來一些皇妃感冒時常用的藥物。平夫人

謝過後，方才辭去。

這邊，青衣見容若脫去蓑衣後，外罩墨色的綢錦衣袍，內披一件乳白色的雲紋聯珠對孔雀紋錦衣。又因容若多是些抱怨之詞，便說：「你來作甚，如今明姑娘那邊你也不去，我這剛喝完藥，正準備休憩呢。」

容若道：「好妹妹，如今這些天沒見，在這閣子裡，可覺得閒悶些。」青衣一聽，不是很解，只說：「如今手上的活也少得練，平日裡多看些詩詞，打發打發時間。」容若這才問道：「卻不知妹妹手中拿的是什麼書。」青衣道：「這書乃是從明姑娘那兒借來的，今個因覺得無趣，便隨手拿來解解悶，消磨消磨時光罷了。」容若看時，方知乃是唐朝何滿子所著的一本《西疇詞》，上有〈情閨怨〉，其詞曰：

對西風，何處翠。幾度欲傷心，參差前事月無寐。渾不記，猶此時，慢手織回文，石上玉簪脆。

朱樓外，玉簫碎。誰道閒情處，別時惆悵人曉醉。月不眠，君無見。花前常病酒，辭鏡朱顏悴。

容若看罷，則說道：「這西詞真真的好，只是可惜了這此中的情趣。」青衣則問道：「何解？」容若道：「前幾句，倒還說得過去，只是這後面的前腳兒不接後跟，一會兒談花，一會兒說月的，倒還不如昨個我看到的〈仙女圖〉那般趣味。」青衣則笑道：「恐怕又是你自個的杜撰，你若是真是曉得，就吟得些來，省的到時候，你在背後裡說些閒話。」容若道：「我又何曾杜撰它，那〈仙女圖〉可是他日我去王府時，阿瓿王送給我的，雖是比不得《拾遺記》、《山海經》之類的，倒也別有一番趣味。」

後有容若在案旁提筆寫道：

媚比彩蝶舞翩躚，柔若無骨似水綿。
顧盼眸轉含情豔，懶挽青絲雪腮前。
絳唇輕啟蘭香泄，素手拈釵對鏡言。
流扇撲蝶紅透靨，黯花一笑傾國顏。

青衣說道：「好生的奇怪，這〈仙女圖〉怎會配得出這樣的詩句，若無一絲的仙女之圖，更無其意，想必又是你從那裡胡亂挑來的。」

容若聽罷，則大笑起來，只說這是那日在芙蓉閣裡，閑著無聊，見雨萱不知從那兒撿的一副圖畫，上面還題有詩詞，當時只覺得畫淺意深，便背了下來，今個方才拿了出來。青衣這才明曉事理，原來自個著了容若的道，便起身不再理他，只坐在紗帳那旁。容若這邊也跟著起身，說道：「好妹妹，下個月月初，乃是後山那邊果子豐滿的季節，荸薺、蛇果、篤斯、雁來紅、萬壽菊、木芙蓉什麼的，倒時候只管採些來，沒人管。雖說那地比不得人間仙境，倒是個遊玩的好地方，也可以解解悶，消遣消遣，只是那兒唯有一不足處之，乃是這後山與

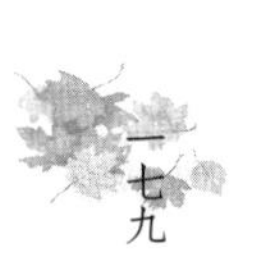

一曲折的朱欄板橋相接，那朱欄板橋看似危險些，其實只是個障眼法，多不中用，你莫害怕便是了。」

青衣聽罷，倒是心頭一亮，又因這些日子多閑悶些，便隨了容若的話，問道：「那後山可是個什麼地方。」

第四十四回　憶柳隨倧府送禮　容若記後山遊玩

有詞曰：

歎燭殘，瀟湘雲雨潸。縈縈繞繞水流急，燈蛾向火為那般？月照芙蓉邊。

樓臺別，憔悴鎖嬌顏。幾易戲服終不悔，梨園猶唱美嬋娟，鬢影香綺園。

只見容若說道：「那後山原日裡只是一座荒山，沒得去。後見幾位瘋癲和尚搬了去，如今倒是變了個模樣，每到秋季的時候，顯得格外自在，只是那後山也不是誰都能去的，唯有一曲折的朱欄板橋相接，好似神界一般，等你去了，便自然得知。」

青衣聽罷，雖是未曾去過，倒是聽人提起過。這後山原是那瘋和尚的住處，只是瘋和尚，誰也不曉得能見上一次。每到春季、秋季時分，格外的妖人，府上的人，多在此處吟詩賦畫。平日裡雖是鮮不人知，倒是個閒情雅致的好地方。這邊卻見青衣說道：「到時候，我且隨你們便是了，這會兒我要先歇著些，外面的雨大，你也好先回去歇會。」

容若只說，到時候你且莫耽誤了時辰，也不枉大家的一片歡心。青衣道：「你且放心，我定會隨了那場子。」這邊又遣冷玥及鄲嬷嬷二人，前去送容若。容若帶上箬笠，披上蓑衣後，方才離去。

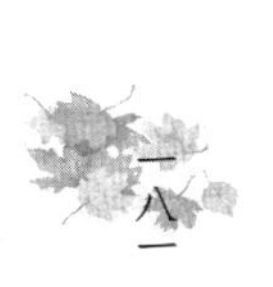

且說平夫人、閆夫人等人回來之時，皆已黃昏，後有憶柳從倧府送來一些珍稀果珠及一些的藥材。平夫人看時，只見憶柳：

身穿月白色衣裝，裙擺與袖口銀絲滾邊，袖口繁細有著淡黃色花紋，淺粉色紗衣披風披在肩上，裙面上繡著一紫色的鳶花，煞是好看；足登一雙繡著百合的花盆底鞋，周邊縫有柔軟的狐皮絨毛，兩邊個掛著玉物裝飾，小巧精緻；玉般的皓腕戴著兩個銀制手鐲，左手小指上戴了一枚尊貴的尾戒，雖不是碧玉水晶所制但也無可倫比；微抬俏顏，淡紫色的眼眸攝人魂魄，靈動的眼波裡透出靈慧而又嫵媚的光澤，櫻桃小嘴上抹上了蜜一樣的淡粉，雙耳佩戴著流蘇耳環；絲綢般墨色的秀髮斜斜插一枝紫鳶花簪子垂著細細一縷銀流蘇，嬌嫩潔白的小手裡緊攥著一方絲絹，淡黃色的素絹上繡著點點零星梅花。

這邊羅母見了憶柳，偏要預留憶柳吃些晚飯，說是平日裡倒也未見回過府，如今出了閣連個話也沒得說。憶柳見執意不過，又因自打那日出了閣，很少回過府，便留了下來，這邊則是吩咐丫鬟們，先去倧府，回了老太太的話，自個則晚些時候回，那憶柳說罷，只將平日裡隨從的丫鬟留了下，其他的丫鬟、嬤嬤們則先辭了去。

原來憶柳乃慕青的女兒，與容若雖是異胞之態，卻如親胞姐弟那般情切，後便出了閣，嫁到了倧府。那日憶柳在府上吃過飯後，臨走之時，將一掛珠送給了容若，說是這掛珠乃倧尚王送的，掛在身前，多福貴。容若謝過後，方才離開。

又幾日，方為夏盡秋回，諸果豐盛之際。容若遣了雨萱、子衿等人前去傳話，誰知到了玳萱那兒，玳萱因近幾日帳頭那邊的一些事情，未能離開。平夫人也因霏姑娘那邊的一些事情，先辭了去。一時間，只有容若、雨萱、青衣、明惠及幾位丫鬟們。容若覺得人少無趣，便將李蓉、李斯等人叫了去，羅母知曉後，因擔心容若、明惠等人，便讓閆夫人隨了場子，眾人這才辭去門府，從西側門走出。

別離後山百米之時，由雨萱在前頭指路，進亭過池，或山或石，或花或木，莫不留意，便有危險之處。不多時，見前面一曲折的朱欄板橋，放眼望時，只見板橋那邊數楹屋舍，且那屋舍皆被千百翠竹所遮映。

這邊雨萱在前引路，容若、李蓉二人緊接，冷玥與青衣一道，雪菁與明惠一道，閆夫人與李斯緊隨其後，相互攙扶。只見眾人扶著鐵欄走過板橋之後，細看時，方才知曉那屋舍的門內遊廊曲折，階下石子漫路。三間房舍，一明兩暗，四周皆被翠竹所遮蔽，唯有前面一條曲折小徑方可通入其中。

眾人沿著小徑，推開竹門，走近院內之時，淡淡的清香雖是充斥在身旁，院內卻空無一人，顯得冷清許多。

三間舍房相連，中間的一間為正房，旁邊的兩間為側房，且多為竹木搭接而成，房子雖是簡陋，卻別有一番風味。

第四十五回　多情小月煙霧濃　紅樓相約暫相逢

有詩云：

多情小月煙霧濃，紅樓相約暫相逢，
揮筆匆匆詩千首，唯獨情懷詞已窮。

這邊又有竹筍、木槿、秋葵等處縈繞其旁，幾株莢槐忽現其後，真是繁華簇錦，剔透玲瓏。倏爾有一蕚花驚豔相爭，囊繫竹院門旁。青衣、明惠等人則在院內一木板石墩上坐了下來，容若、李蓉二人隨著院內的囊隙小道，朝後院那旁走去。

繞到後院時，只見有兩棵小小退步的香蕉樹。翠竹開得一隙，方有泉一脈，開溝一尺，灌入院內，繞階沿翠竹至後面，盤旋竹下而出垣。步入一小路，岸上蓼花，池內香菱，如此寥落淒慘似乎向人訴怨著什麼。

朝著開隙小路看時，一荇檀木環抱左右，中間則有水榭蓋在池中，細看時，又見那水榭鬱鬱蔥蔥在叢林之中，四面皆為柱欄雕壁，欄杆外放著幾張竹案，亦是跨水接岸，岸上又有幾株盛開的桂花樹，時時飄來陣陣清香，這邊則是一曲折的竹橋進入水榭之中。且那水榭之中，似有兩老翁在博弈，正所謂是：

遠富近貧以禮相交天下少，疏親慢友因財而散世間多。

容若因見那水榭之中似有兩老翁，這便隨了去，李蓉也跟著朝那旁走去。二人穿過竹橋，剛走進榭亭之時，又見柱上掛的黑漆嵌蚌的對子，上有其詞云：

醉漾輕扶，信流引到水橋深處。

塵緣相誤。無計相見花間叢住。

容若看罷，雖是不解其意，倒知此處乃人間仙境那般，竟不知是何須人也。只見其中一位，衣衫襤褸，另一位則蓬亂著頭髮，好不光景一般。這才開口問了幾句，誰知那老人只顧著下棋，竟無語相對。後又有李蓉幾句話語，卻見那老翁齒落舌鈍，答非所問，這才知道，此二人乃一聾一啞之人，容若只覺這老翁雖是無趣，也問不出個究竟來，便出去了。

誰知容若剛走出水榭之時，又有雨萱、青衣等人從那旁趕來，說是去了大半天，也沒見到個人影來，又唯恐發生個什麼事兒，只是趕到後院時，方才曉得，原來這般的仙境。容若說道：「倘若他要是真的仙境，倒還好說，如今倒是些齒落舌鈍的老翁，也問不出個究竟來。」容若說罷，便沿著來時的路回走，雨萱則在其後追隨。

且說，青衣細看時，雖是那老翁，一聾一啞，倒不覺得有忘俗之感，反倒覺得並非凡人那般，又看柱上的對子時，似曾相識，好似那裡見過一般，雖是不知原句，乃知其意。這邊，竹案上放有一盞一爵，旁邊則為遂圓狀的棋盤，另有一本詞書相隔，正看時，卻被雨萱給喚

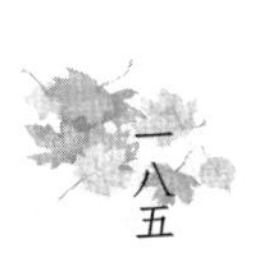

了去。

這邊則有閆夫人問道：「姑娘可在那旁看出個究竟來？」青衣道：「倒是不曉得，只因那地方的景色好，空氣宜人，方才停留了一時半刻。」明惠說道：「這兒雖是偏僻些，乃是姐妹們常來的地方，春天賞花打獵，秋季摘果作對。雖說比不上書裡面的那般仙美，倒是值得遊玩，唯有一不足之處，乃是這地方多偏僻，東臨大山，西接河川，植物開的茂盛，雜物也多，凡是多留心些。前年兒來的時候，卻不知從那裡跳出個怪物，愣是把玳萓給嚇住了，大家也被玳萓的這一驚給嚇住了，誰知細看時，居然是一隻三瓣嘴。

容若看後，硬是喜歡那三瓣嘴，說是不僅長得雪白，更是可愛，逮回去，也好有個玩伴。便讓嬤嬤、丫鬟們一塊隨了那三瓣嘴，滿山的追跑，只是那三瓣嘴誰能跑得過，轉了快大半個山，也沒逮著。玳萓見狀，只是在回去之後，買了幾隻送給了容若，容若見狀，甚是喜歡，便養了起來，還取名為月寒，乃『玉兔寒宮冷得月，虛傳神女解為雲』之意，如今還在閣子裡面，正日日想念呢。」

雨萓聽罷，則是笑了起來，說是那時夜裡，有幾次在夢裡還聽到容若呼喊其名，只是他也不曾曉得，如今那三瓣嘴倒成了容若的嗜物，上學那會，巴不得幾時多回去看看呢，倒是近些日子，少了去。

第四十六回　休笑閑尋夢郎處　偷得一段香濃故逢

有詞曰：

萬里春光柳色青，杏粉桃豔紅。燕語鶯聲，梨花未雪絮傾城。

簫雨煙樓盡詩情，短笛悠揚空。一簾幽夢，撚墨心箋難訴情。

這邊，容若雖是遣了李蓉，先是在前，後方才有青衣、明惠、雨萱等人趕了過去，青衣回頭看時，卻見水榭亭內，早已空無一人了，竟不知已為何時。雨萱見容若似有一絲不高興之意，恐多半與那老翁有關，只是不知該從何說起，便借李蓉之口說道：「前些日子，我經過書堂的時候，忽然聽到幾聲『喵、喵』的貓叫聲，我私下裡尋想，這閣子裡面誰養的貓也就算了，可這會兒怎就到了書堂這邊，恐多半是那個姑娘一不小心，讓這溜物給溜了出來，也就沒多想。

誰知剛走幾步，只覺那聲音怪癖，不像是貓叫，倒像是人的叫聲，走過去細看時，乃知是桃紅那丫頭，正坐在花園那旁的欄板上，吱吱唔唔呢。後見我跟過去時，方才停止，我且問他一個人在這邊做些什麼，那丫頭守口如瓶，什麼也不說，後便一股腦地跑走了。只是到今個也不曉得桃紅那丫頭的葫蘆裡賣的是什麼藥。」

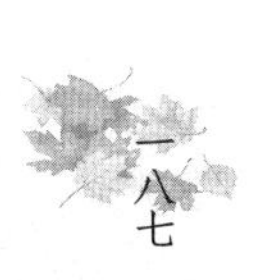

容若聽罷，則是很驚訝說道：「竟有這事，我卻不曾聽人提起過。」雨萱道：「少爺自然是不知了，只是那時正直我一個人恰巧碰到他，又沒見其他外人，那事兒，便自然我們知曉，後來去了蕆廂苑，方知桃紅那丫頭，是個心直口爽之人，遇到個事兒，也不怎麼跟人計較，想必那日必有什麼不可告人的秘密。」

誰知李蓉聽罷，卻大笑了起來，說道：「我以為是什麼事兒，原來是為這個而來，你若不提，我險些就忘卻了。」

原來桃紅那丫頭不僅心口直爽，還是個漂亮的角兒，且那丫頭時不時跑到書堂這邊閒情雅致。那日何濯、李蓉二人恰巧從這旁經過時，看見了桃紅，只見那桃紅：

顎圓蛋的的臉兒，頭上戴著金箍簪，排草梳兒後押，柳葉眉襯著兩朵桃花，玲瓏墜兒最堪誇。淺紅的色羅裙繚姿鑲銀絲邊際，水芙色紗帶的曼佻腰際，著了一件紅羅蘭色彩繪芙蓉，拖尾拽地對襟收衣裙。微含著笑意，泛著珠玉般的光滑，眼神清澈的如同冰下的溪水，不染一絲世間的塵垢，睫毛纖長而濃密，如蒲扇一般微微翹起，一雙柔荑纖長白皙，袖口處繡著的淡雅的蘭花更是襯出如削蔥的十指，粉嫩的嘴唇泛著晶瑩的顏色，纓絡輕盈，美不可豔。

何濯一見，便為之傾心，李蓉雖有一絲慕意，只因早日裡已有婚配，又是個孝順的郎兒，便打消了那念頭。桃紅看見何濯、李蓉二人時，唯有一絲的羞意，後便離開了。只是誰也不曉，那桃紅是個經常來的主，何濯後又幾次打聽，方才知道這桃紅乃蕆廂苑那旁的丫鬟，俗話說「柳豔樹下知是誰，紅豆方知入相思」，何濯雖是甚是思念，只是那何濯也非等閒之人，雖是寫得出一手好文章，更是好武功。

後二人經常來此約會，吟詩賦畫。只是府上的規矩不能破，為了避人耳目，又不讓他人多說，方才出此下策，乃以貓的叫聲為證，正所謂是：

休笑尋夢郎，偷得一段香。
不負探花名，同解門前窗。

只是誰也想不到，那日竟被雨萱給聽了個著，方才鬧出那方事端。雨萱雖是不知，倒是李蓉是個明白事理的人，唯有怕府上的人給說了去。

容若聽罷，則說道：「原日裡倒也不曾見到他，倒是為這事兒忙於一身。倘若桃紅那丫頭真的隨了那何濯，咱們便順水推舟，做個人情，也好不枉他日之恩。」

這邊雨萱勸道：「少爺有所不知，只是這事兒真的成了，那還好說，倘若傳到了夫人那邊，怕是會讓府上的丫鬟、嬤嬤們笑話，到時候再傳到外頭，夫人定會將他們逐了出去，日後也少不得麻煩事兒。」

這邊青衣卻見說道：「倘若桃紅那丫頭真的有意於他，隨了他便是了。日後有人問起時，只說是家裡面認識的，誰也不會多問幾句，況且府上的丫鬟那麼多，說不定還真就成了一門

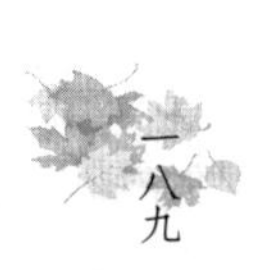

子的事，玳萱也是個明理人，想必也會順了這門親事。」

第四十七回　落花自水爲誰愁　魂魄隨殤入土丘

有詩云：

落花自水為誰愁，魂魄隨殤入土丘。
一生香氣何所去，攜風共雨意難留。

這邊，李蓉說道：「明姑娘果然好計謀，不瞞你說，雖是那何濯早有三約在先，這其一乃是府上多為書香之客，凡事絕不能由著亂來，俗話說『國有國法，家有家規』，倘若人人都視家法為兒戲，何為『公正』二字。其二乃是府內之事，何濯雖是有意於桃紅，門府的規矩不能破，且府上的丫鬟們人多口雜，說不定那天就傳到了夫人那邊，到時候連個說理的分也沒得說。

這其三，乃是聰明人不做聰明事，俗話說『知人者智，自知者明。』何濯也是個明白事理的人，只是這葫蘆裡賣的藥，雖未道明，卻可知一二。」

容若聽後，這才明曉事兒，青衣也覺得李蓉說得甚有道理。只見眾人說笑，繞過數間屋房，又穿過曲折小徑，來到一諸芳潺流的水池旁。青衣見時，倒如恍然開朗那般，且離水池不遠處，有幾方亭閣，閣內放著數張台案，台案上雖多是些殘花落葉及其他一些雜物，倒是

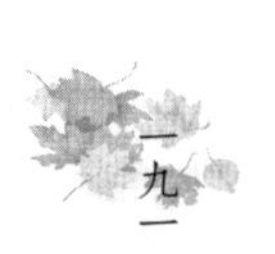

亭臺樓閣猶如新的那般，好生歡喜。

青衣這才知曉，乃是明府春季、秋分之時，常來的地方。這邊更見花開朱紫，如佳人之面。香樟之綠、銀杏之黃、楓葉之紅，各盡其色。彩葉淺鬣，露出別樣風範。翠瑩露珠，道出他時之燦；冽水涓涓，比情眸之鮮；風之似拂，似萬顏之舒；紙鳶徐徐，隨萬戶皆空，使人看之忘俗，見之訴情，如忘憂之賓萱那般。

明蕙這旁說道原日裡倒不知，這亭子何時竟改了個樣。雨萱說道：「逢春來的時候，玳姑娘見了那亭子，說是比往日的舊了些，繡戶葒柱也凋了些許，平日裡也不見得有他人來，都是自家的人。回去後，便遣了幾位丁匠上後山這旁重新修建一下，也好趕到個休閒的日子，以備他需之用。」

且說青衣走過去細看時，只見上面寫著「莫雲間」三字，其旁另有詩句，上面寫道：

粉白芙蓉莫相早，碌碌蝶蜂竟逍遙。
花悅綠葉多顯嬌，葉以豔花添榮耀。
番之何處來妖嬈，荷處灼灼彰華豪。
人言眾花如何妖，不問半葉翠之妙。

下方則有一落款人的提筆，乃庚寅。青衣看罷，雖是不知這「庚寅」二字是為何人，想必定是府上的人，只是也從未廳人提起過，這邊問道：「倒不知這『庚寅』，是為何許人也，不僅好詩詞，更是好筆法，我這裡先是佩服其才。」

容若也跟了過來，說道：「妹妹果然好眼力，那庚寅乃是東洛平跡第一詞人。他日我也不曾曉得，只是後來從資料中得知的。雖出生於官商之家，多與文人為客人，後因仕途牽連，辭了官去，到處遊玩，凡他到過的地方，多有詩詞相稱。那日，明妹妹見了，甚是喜歡這首〈莫雲間〉，便讓玳萱給保留了下來。

又因幾次修建，倒是把那字跡給毀了去，如今也只剩下這些。只是我那閣子裡面，還放有一本他寫的《無人籍》，唯有一不足之處乃是，年代背景皆已無從考察。」

青衣驚訝道：「你怎麼有他的詩集？」容若道：「我早年的時候，在閣香園那旁的假山處撿到的，只是不知道是誰丟下的，也沒見有人來問過，我便放在閣子那旁。後經細看時，方才知曉。」

這邊，青衣又回頭看了那詩詞，只覺那詩詞雖是平淡些，卻意味深長。容若見青衣那般的留戀，便說道：「回頭了，我把那本《無人籍》借於你便是了，只是別讓其他的人給看了去，以免說些閒話。」

青衣不解，這才說道：「容哥哥暫且放心，只是不知那書中多為何事，又為何讓他人給看了去。」容若道：「到時候你看了，便自然得之。」

這邊，明惠見容若二人在那旁只顧說笑，卻不解風情，也跟了過去，方問何事。青衣只說這石柱上的詩詞甚是美妙，不僅好文筆，更是好書法，今個也算是領會了。容若欲說時，卻有雨萱、李蓉二人在那旁邊呼喊。

原來雨萱、李蓉等人，早早隨到了水池那旁，後因見容若、青衣其人在亭台這邊，多顯苦澀，又因場子少人，便讓容若等人也隨了那遊玩的場子，容若、青衣、明惠三人聽罷，這才趕了過去。

第四十八回　幾許相思無期至　常與月色醉書懷

有詩云：

幾許相思無期至，常與月色醉書懷。
愁心欲向誰人訴。淡筆情深意自埋。

且說那日容若、青衣、明惠等人回去之時，已為昏後。眾人吃過晚飯，閒聊幾句，又因疲憊勞累，便各自回房早些休息了，這邊又有玳萱趁著晚間、眾者多在府上，吩咐府上的嬤嬤們，到每個閣子裡面，看看爐火炕子什麼的，是否缺的有補，也好早日做打算，省得到時候忙裡忙外的，忘了這忙頭的事情。那嬤嬤們見了玳萱那有半句要說的話，各個遵命便是了。

只見那嬤嬤們，到了每個樓閣裡面，說是按照玳萱的吩咐，雖是春時搬走的一些爐火炕子不說，倒是那些新留下來的，能否還用，如今帳子那頭正忙於統計，也好做早日的打算。閣子這邊雖是都回了話，唯有芙蓉閣內、逸雨樓兩處的爐火是新時搬來的，其他的則多有漏缺，少得了一些縫補換新。

又幾日，天氣逐漸偏冷，只見蕭風栗冽，砭人之肌骨。草拂之而色變，木遭之而葉脫。其所以摧敗零落者，乃其一氣驟然之變化也。

這日，正直容若在芙蓉閣內閑趣詩書之時，卻見青衣從那旁趕了過來，子衿則在外頭傳話說：「青姑娘到。」容若看時，只見青衣已到門前，容若這才起身，走了過去，卻見青衣：

身穿淺淡色的金絲薄煙翠綠紗，下罩粉霞錦綬藕絲緞裙，腰間用金絲軟煙羅繫成的雲帶結，鬢髮低垂斜插碧玉瓚鳳釵，顯得花容月貌出水芙蓉那般。一頭青絲梳成華髻，繁麗雍容，那小指大小的明珠，瑩亮如雪，星星點點在發間閃爍。且手挽屺羅翠軟紗，更顯出不盈一握。風髻霧鬢好似：黛眉開嬌橫遠岫，綠鬢淳濃染春煙那般。

這邊只見青衣說道：「原自那日在後山那旁見了那首〈莫雲間〉，甚是懷念。只因這幾日，屋子外頭風大，方才在閣子內多留了幾日。今個只覺無趣，便閒時借來那本《無人籍》，也好道個明白，不枉他日的辛苦。」

容若聽罷，則笑道：「原不知是什麼風能把好妹妹給吹來，竟是為了他來，今個方才明曉，只是那《無人籍》你且莫讓他人給道了去，免得府上的丫頭、嬤們嬤瞧見了，多說些風涼話。倘若日後真有人見了那書，問起時，你只說是撿來的，休得他在胡亂說些什麼。」青衣說道：「倒不知這《無人籍》竟為何物，卻如此神秘，今個也算是見識了。」

子衿則是端來一杯竹茶，說道：「姑娘請喝茶」，青衣則是接過竹茶先放於案旁，這邊又隨了容若朝內屋走去。只見容若從一金絲楠木的木匣子裡面取出幾本書，打開看時方有《桃花庵》、《十二記》、《無人籍》及《西廂記》、《石點頭》等書，青衣看罷，只說早些時候，倒是聽人提起過《西廂記》，雖是那《十二記》、《石點頭》、《桃花庵》倒也未曾聽聞過，卻不知容哥哥在那裡取得的這些詩書。容若說道：「只是那會兒出去之時，在街上看到的，便買了些來，雖是那書並不常見，後便找人弄了幾本來，如今妹妹要是喜歡，只管拿去便是了。」

青衣只隨手拿了一本《桃花庵》，看時只見上面題有一詩詞乃：

桃花塢裡桃花庵，桃花庵下桃花仙。
桃花仙人種桃樹，又摘桃花換酒錢。
酒醒只在花間坐，酒醉還來花下眠。
半醉半醒日複日，花開花落年複年。
但願老死花酒間，不願鞠躬車馬前。
車塵馬足富者趣，酒盞花枝貧者緣。
若將富貴比貧賤，一在平地一在天。
若將花酒比車馬，他得驅馳我得閒。
別人笑我太瘋癲，我笑他人看不穿。
不見五陵豪傑墓，無花無酒鋤作田。

又幾回看，乃知這桃花庵出自前朝一才子筆下，且見那詩詞雖是通俗易懂，卻流暢非凡，

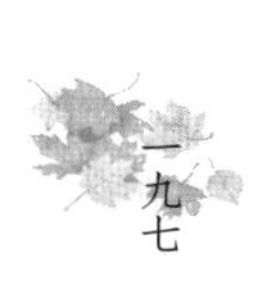

更有深意。這邊又看《無人籍》時，卻見上面寫道：

籍甚他鄉，深慮代遠，皆已湮沒無聞。唯有昔日，吟罷石頭城下水，述遍天下風流事。尤為後人知其來，而謂之去。亦不過失其禮節，報本追思其源，使人信使，僅此而已。

青衣看罷，則說道：「好生的奇怪，竟這般的眼熟，好似在那裡見過那般，雖是這書無名無籍無從說起，倒可理其會而為其言，師出無名而已。」

第四十九回　花有清香月有陰　淑人自有涉人心

有詞曰：

春來雨濺輕寒，酒醒別意闌珊。歸巢燕子，簾鉤軟踏，相對呢喃。
案上蘭箋無色，片字何處只言！幽窗暗淡，相思不在，老了流年。

這邊卻見容若說道：「原來妹妹他日早就曉得這《無人籍》，只是這些書少不得讓旁人給道了去。」一青衣又幾回看，方才明曉，原來這詞書，多為庚寅平生經歷的辛酸苦辣，且這文筆淳樸，意味深長。觀其事蹟原委，亦可消愁破悶。其間離合悲歡、興衰際遇，雖是無籍可言，故事卻俱是按跡循蹤，不敢稍加穿鑿，從而至失其真。又看《十二記》時，只見上面有一詩詞，乃：

覺道人山居，稽古得樓事。
類凡有十二，其說成可喜。

又幾回看，乃知這《十二記》分別為：合影記、奪錦記、三與記、夏宜記、歸正記、萃雅記、拂雲記、十卺記、鶴歸記、奉先記、生我記及聞過記。且這十二記多以閨怨女子的離愁生活為題，道盡塵世的滄桑。只見那最後仍有一右調《西江月》乃：

寡女臨妝怨苦，孤男對影嗟窮。
孟光難得梁紅，只為婚姻不動。
久曠才知妻好，多歡反覺夫庸。
甘霖不向旱時，怎得農夫歌詠。

這邊又看《石點頭》時，且有上面寫道：

花有清香月有陰，淑人自有涉人心。
若非眼出尋常外，那得芳名自至今。

又幾細看，方知其言，乃是一本尋常出外的男女歡情類書。且說青衣看罷那數本書後，方才說道：「這書都是些出乎尋常類的書，倒可不看也罷，唯有那《無人籍》方可留於府上，細作欣賞，等日後了，再歸還於你便是了。」容若聽後，則說道：「好妹妹，你若喜歡，儘管拿去，只是可別讓他人再來我這兒借書了。」說罷便將那本《無人籍》遞給了青衣，這邊又吩咐雨萱拿來一則手帕，將其裹了起來，自個則是先把《十二記》、《桃花庵》、《石點頭》、《西廂記》等書給放了回去。

青衣將卷來的書，藏於懷著，又在芙蓉閣內小敘片刻，喝了幾口子衿端來的竹茶，方才告退。

越幾日，已為深秋，天氣更加冷了起來，加上晚時蕭瑟的強風，更是煞人。好幾次，唯有容若從睡夢中驚醒，雨萱、子衿二人因怕再出些亂子，便輪流值夜，且窗戶早早緊閉了起來，等次日之時，方才打開，流通流通外面的新空氣。且說雨萱、子衿見容若從睡夢中驚醒時，便端來早已泡好的涼茶，容得容若喝上數口，方才扶著睡去。府上的嬤嬤們，倒也沒得休，平日裡雖是閑了些，倒是晚上的活，多將次日要用的熱水、茶絲、月錢等一些雜務準備好。

誰知這日容若剛睡下，只覺身子起涼，半夜中因舌幹口燥，再加上些著涼，竟然從睡意中嘔吐了血跡來，那晚正直雨萱在外房值夜，剛在案旁趴下未久，便聽到了內屋裡面的咳嗽嘔吐聲，這便匆忙端來一杯涼茶，趕過來時，卻見容若吐了幾口血跡來。雨萱見狀，甚是驚訝，又擔心不知是為何故，便將泡的涼茶放於案旁後，又在屋子裡面拿了幾副藥丸子，準備去請大夫。

容若見了，則是將那藥丸給推了去，只說是自個心裡急火攻心，血不歸經，方才因天氣乾燥，突發的著涼，似戳了一刀的不忍，竟一時喘不過氣來，所造成的，只喝些溫水，順順喉嚨，潤潤心肝便是了。不必過多擔心，也不必多請大夫，睡上一覺，到明個仍舊是自然的身子。雨萱聽罷，這才安了心，把容若扶下後，方才熄了燈，朝外屋走去。

且說容若喝了幾口那涼茶，只覺自個心尖似一股涼液流過，喉嚨也濕潤了不少，剛躺下，又覺得身子起涼，便將睡時蓋的一被褥鋪到了下面，後便睡去。

卻不知何時，容若耳邊隱約傳來一女子的聲音，且那聲音不絕於耳、連聲綿綿，雖是似曾相識，卻不知究為何人。容若這便睜開了眼，看時只見這人：

身著紫色長裙，頭上戴有一件如意首鑲嵌鏤雕雙螭紋玉飾，側面是累絲嵌寶銜珠金鳳簪和蝙蝠紋鑲琉璃珠顫枝金步搖，且貌若天仙，清水芙蓉。臉上掛著一絲的笑容，眼中甚含暖意，身上時時傳來一陣幽香。

容若看後，雖是眼熟，卻不知是為何人，方才問道：「你為何人，卻如何喚的我來。」這女子聽了，則說道：「少爺怎就不曉得我了，我是雨萱。」

第五十回　秋色一莚瑩玉露　閒愁滿腹對殘懷

有詩云：

愁腸百結竟難開，誰見幽人月下徊。
秋色一莚瑩玉露，閒愁滿腹對殘懷。

容若這才意識到原來是雨萱那丫頭，後又細看時，卻見雨萱說道：「少爺近日可曾安好，如今再過幾年，少爺也將是弱冠之年，想必也該到了談婚論嫁的時刻，只是到時候，還望少爺多記得我這丫頭，也不枉我這白來一趟。」容若聽罷，又回想起時，方才知道自個已是舞勺之年，這便說道：「好雨萱，且說的是那裡話，如今好端端的，怎又這個時候要離去的說，雖是那婚嫁，只是到時候不隨那嫁妝便是了，今個又為何多提傷心的話語。」雨萱則說道：「少爺哪裡的話，怎就不論嫁了，況且那時也輪不到少爺說話，夫人定會為少爺操心，只是到時候，少爺成親之時，便是我離開之際，雖是有些不捨，還望少爺多照顧好身子，閒聊的時候，也常來我這裡散散心。」

容若聽了雨萱的話，雖是有些傷感，倒是覺得雨萱的話，不無道理。俗話說「盛席華筵終散場，古今一夢甚荒唐。」凡事到頭來，也究不過是舊夢一場。只怕到時候，會是另一種

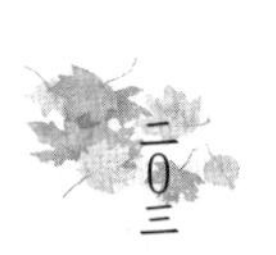

場景。容若越想越是覺得不捨，後竟泣出了聲來，雨萱這邊也早已泣聲連連，後便將容若抱入懷中，說道：「少爺多做安心，凡事雖如舊夢一場，只是到時候少爺真的想起我時，我會在東隅西側的一家齋子裡等著少爺，雖是那兒偏僻些，卻是山清水秀，樹木叢生的好地方，更比別處幽靜多，才適合居住。也好方無雜念。」容若說道：「到時候你且告訴那地方便是了，我定會隨了那處，多做看望。」

雨萱這才說道：「少爺若是真的記得起來，倒還好說，倘若真真忘記了，到時候只管順著閣香園那旁的後路，出了門，往左一直走便是了。」

後又見二人正纏綿之時，卻被外頭的雜聲給吵醒了，容若看時，原來天色早已明亮，屋內空無一人。容若只覺身子初涼，後又起身時，卻見被褥之上，冰涼一片沾濕，這邊又有一濃烈的刺鼻味撲來，容若因一時難忍，不覺已咳嗽了起來。這邊雨萱在屋子外頭聽到了咳嗽的聲響，便匆忙趕了過來，容若見狀甚是羞澀，後竟漲紅了臉。

雨萱也不知其解，只問那裡又做不舒服，如今正趕著去請大夫，多做診查。容若也不吭聲，只坐在被褥之上。後見雨萱靠近之時，忽有一刺鼻氣味迎面撲來，甚是驚訝，便將窗戶打了開，這邊心中自是納悶，好端端的，竟不知是從那裡發出來的氣味，因見容若不多做聲張，便心知察覺多半。

後又細問時，方才見容若說道：「好雨萱，你且莫告訴他人。」這邊起身從床上走了下來。雨萱走過去看時，只見被褥上沾濕一片，且那難聞的氣味正是從這兒發出來。只因雨萱原來就是個聰明的女子，也已漸通事理，便知曉了如此光景。這才問道昨個夜裡夢到了什麼，竟為如此。容若則說只是夢到姑娘多做離別之際，心中甚是不捨，後不知怎地就流出了那髒東西。

雨萱聽後，有些羞澀，又問是為何故，容若道：「乃成親離別之際，只不知到時竟為何處。」雨萱因見多是些離別的話音，這便勸說道：「如今這一時半刻也走不了，日後了，少爺成親那是自然的事兒，若是到時少爺不嫌棄，我便繼續隨了少爺的這份恩德，一來做報答之恩，二來做故人久逢之際。」容若聽罷，這才安了一多半的心。

誰知雨萱的話音剛落，卻有子衿在外頭說道：「玳姑娘到。」容若、雨萱二人聽罷，更是驚慌，從窗戶往外看時，已見玳萱正朝著屋子這旁走來。雨萱一邊匆忙將那沾濕的一片蓋了去，一邊從屋子裡頭走了出來，後便將門給關了起來，容若則在屋中，未敢多聲。

這邊玳萱見雨萱從屋子裡面走出時，竟將門給關了起來，便問道：「容若可曾起床沒。」雨萱這邊說道：「昨夜著了些風涼，折騰了一宿也沒睡著。趕著今早剛熬了一些藥，讓容若喝罷，方才睡去，雖是這會不便多做打擾。」

這邊雨萱見玳萱急忙的一頭汗，便問是為何事，玳萱說道：「是為那日綁青衣的事兒來的，如今個府的人來說，說是個嗇前幾日回個府了，只是不知遭了什麼罪，今個竟成了廢人

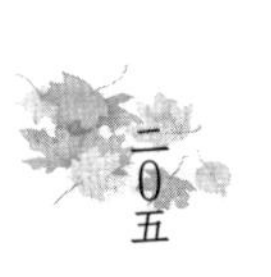

一個，夫人催著去那邊看看，倒是青衣還不曾知曉，後便了多勸些。」只見玳萱從雨萱那兒借了些苔梓說是去個府用的著，如今算來算來也只有芙蓉閣裡有，這便趕了過來。

第五十一回　紅顏已是撚花恨　一陣秋風助陣涼

有詩云：

小問雲台秋菊香，伊人愁對鏡中妝。

紅顏已是撚花恨，一陣秋風助陣涼。

誰知雨萱卻說道：「前些年的時候，倒還有的用，只是近些日子雖是缺的沒補，如今剩下的那些，也早已用完了，姑娘要是急的用，多會了我再去後山上採些來，再送於姑娘便是了。」玳萱說道：「只是為去倜府之用，如今趕得急，我再去其他姑娘那裡問問。」卻見玳萱說罷，便匆匆忙忙辭了去。

這邊雨萱見玳萱離開後，方才朝屋子裡面走去，容若見玳萱離開後，方才走了過來，只問是為何事，雨萱道：「原日裡剩下的一些苔梓，今個倒不知為何見玳萱只為那物而來，雖是那物早就用完了，又因缺的沒補，如今倒成了稀罕品。」容若說道：「怎就為尋得這物，倒為何顧？」雨萱道：「只是聽玳萱說那倜府的倜二爺前些日子回府了，如今竟成了殘廢人，恐怕這會兒多為他事而來。」只見雨萱說罷，便將床上的被褥抱入了懷中，朝門外走去，說是這會兒趁著沒人，將那被褥拿出去洗洗，免得再讓他人給看了去。

且說容若聽了雨萱的話，甚是驚訝，這邊問道那個嗇又著了誰的道，如今竟成了廢人。雨萱則說道：「這會兒恐還不行，你只等幾時，便知道了。」說罷，便抱著被褥引去後院那旁。只見雨萱剛走到後院時，恰有幾位嬤嬤正在那裡爐火、燒茶，那嬤嬤們見雨萱抱著被褥，也不知是怎麼一回事，後見其問起時，卻有雨萱說道：「只是今個一早的時候，一不小心將那茶水撒到了被褥上，雖是那茶水比不得其他，方才拿過來洗洗，去去其味。」那嬤嬤們聽罷，方才繼續各自幹各自的活兒。

這邊雨萱將那被褥逝去幾番，方才隨了其中的一個丫鬟，喚名詩笙。只因這詩笙是位聾啞耳，雨萱方才讓詩笙隨了這場子。後見雨萱走到前院時，卻心尖兒一樣的冒火，容若見狀，只問發生了何事，雨萱則回道：「還不是後院那嬤嬤婆子們問東問西的，如今倒把大家的話當成耳邊風了，中聽不中用。」容若這才明曉原來是為剛才去後院洗被褥之事，正冒火在心。這邊又問可被人看了去沒，雨萱則說道：「怎就讓他多看幾眼，還不是多了些銀兩給詩笙。如今那詩笙雖是啞了些，卻是個賣力的主，凡事交給他，也好多做安心。」

且說那詩笙，原日裡則乳名為尋雁，乃董府一遠方的親戚，後做了羅母身邊的丫鬟，雖是比不得桃紅那般的豔麗，倒也是一角，且見這詩笙剛進府時：

鵝蛋粉臉，橢半形大眼睛，顧盼有神，粉面紅唇，身量亦十分嬌小。上身一件玫瑰紫緞子水紅錦襖，繡了繁密的花紋，衣襟上皆鑲真珠翠領，外罩金邊琵琶襟外襖，繫一條粉霞錦綬藕絲緞裙，整個人恰如一枝笑迎春風的豔豔碧桃，十分嬌豔。髻上一支金絲八寶攢珠釵閃耀奪目，另點綴珠翠數粒，恰似一團珠光寶氣。

當時眾人見罷，只為消沉，後雖在羅母身旁做了幾日的丫鬟，卻被周府家的大公子周德康給看上了，那羅母因念舊情，便將尋雁隨了周府，做了一小妾。誰知好景不長，只是沒幾年，那尋雁無意間在窗子外旁聽到了周德康的話語，這才知曉周德康的罪行，乃是明室後史，隱藏於京城，且多為謀反罪。後周德康因怕事情敗露，硬是讓尋雁喝了黃尚，後變成了口暗不能言之人。

只是那尋雁雖是成了口暗不能言，卻托了周府家周呆子的福，那夜從周府逃了出去。尋雁逃出去後，便直直去了董家休藏了幾日，後便將此事以書信的形式告訴了董諫，董諫知曉後，那敢相信，後經細則，方才屬實，便將事情的原委告訴了羅母、明珠等人。後明珠與董諫二人，因舉發有功得到了提升，這才將尋雁化名為詩笙留到了明府，一做報答之恩情，二來為保全其性命為故。

且說那尋雁化名為詩笙後，方才得以在明府留了下來，又因尋雁是口暗不能言之人，便多以獨身相處，但凡府中事務，多為能曉。

這邊，只見容若梳洗完畢，又喝了幾口粥，方才離開芙蓉閣。

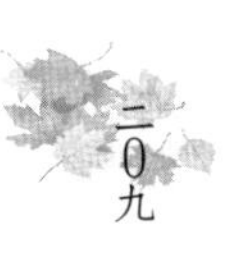

第五十二回　出水芙蓉凝雨露　倒問何人爲誰顧

有詞曰：

葉殘花落，曉風急、又到霎時。

然景色依舊，奈何魂丟，猶憶雪國雁影、尺素間。

容貌憔悴香閨冷，欲語還休。

幾時鑒舊約，執手無憂。出水芙蓉凝露、小軒樓。

且說容若離開芙蓉閣，剛走到妤蒁橋時，卻見明惠急急忙忙從那邊走來，說是一清早聽冷玥那丫鬟說青衣不見了，後做細問時，方才有冷玥說是昨個也沒見姑娘有什麼不尋常之處，只是吃過晚飯，又閒聊幾句，便和平常一樣，睡下了。誰知今個一早去屋子裡面叫姑娘起床時，卻不見了蹤影，如今好端端的一大活人，竟沒了蹤影。這邊又問綺夢及府上的幾位嬤嬤，也都說沒有見到，倒是連姣菡也沒得尋，如今怡馨苑內的嬤嬤們正多做詢問。

容若這邊說道：「玳萓可曾來過。」明惠道：「來了，撞了個正著，那時我剛被冷玥喚入怡馨苑內，卻見玳萓從那旁急急忙忙趕了過來，只問府內可有苔梓，雖是那苔梓是個稀罕物，眾人也都不曾曉得，後又問時，玳萓只說是去倜府用，如今大家聽了倜畚的事兒，想必定是為了那門子的事情，因走的著急，方才不辭而別。」

容若雖是覺得有些蹊蹺，倒是回想起青衣來府上的日子，也差不多將近三年，如今按照期約，三年的時間，卻為青衣的母親在靈雲堂守靈日子的滿期，只是那守靈堂在南陵壽山那旁，雖是離得甚遠，倒也並非是一般人能入的地，沒有幾張護身符和護官令作為通行令，只怕是比登天還難。容若這才問道如今已為何日，明惠道「乃十一月十五。」明惠說罷，方才想起三年的時期將至，如今青衣也多為倘母之事，記於心中。

卻說容若、明惠二人正在交談之際，又有讒頭傳過話來，說是回了明姑娘的話。只是今個一早的時候，確實在側門旁見了青衣、姣菡二人，後有細問時，卻見青衣說是今個乃青衣母親霍楠的生日，平日裡雖是沒有去過守靈堂，如今倒是正趕上了滿期，夫人那邊雖是沒做打擾，倒是給那姑娘說過了，過些日子將其母親接回府上，再好自作謝。讒頭聽了青衣的話，雖是想給夫人那邊傳話，卻見那二人走得著急，也沒來得及傳話，後讓府上的府廝一塊隨了那場子，也好多做照顧，只見青衣姑娘說是府上的攤子多，府廝們雖是不習慣，倒是丫鬟們還是各忙各的好，如今已有姣菡這丫頭，也算是死裡面托生出來的人，同甘共苦了。

讒頭因見執意不過，這才讓青衣二人離了去，這邊又吩咐他人前去傳話，誰知那府廝剛到馨覺苑時，又有倘府的人匆匆忙忙趕了過來，也不知道是為何事，如今夫人那邊也已經知道此事了。

這邊，容若問道：「青衣交待的可知是那位姑娘。」讒頭道：「聽姑娘說了，好像是叫什麼尋雁的姑娘，只是我這私底下尋思，這府上那有叫尋雁的丫鬟，想必定是姑娘糊塗了，錯把尋鴦姑娘當成尋雁。」明惠、容若二人聽罷，也都不曾知曉尋雁的名字，一來府上的丫鬟、嬤嬤們多，二來重名多姓的也甚是常見。明惠這才吩咐讒頭將娛嬤嬤傳來，讒頭聽罷，方才朝莀廂苑那旁走去。

容若、明惠二人因不曉得這事端，見冷玥也不明細，這邊也跟著朝莀廂苑那旁走去。只是剛到莀廂苑時，唯有娛嬤嬤、芷蕊、讒頭等人在閣內，後見容若問玳萱時，卻有芷蕊說今個一早被夫人給喚到了馨覺苑那旁，如今還沒回來。這邊明惠見了娛嬤嬤，方才問說，府上是否有叫尋雁的姑娘，那娛嬤嬤聽罷，只說是姑娘肯定記錯了，府上唯有尋鴦、尋鴛二位姐妹。早些時候，尋鴛因病去世了，唯有尋鴦那姑娘在後書房那邊，多做照顧。雖見那姑娘長得甚是標誌，卻不知姑娘如何竟提到了他。明惠聽罷，似有一絲的不解，又見娛嬤嬤不肯多做解釋，想必定有隱情，這才說道：「原來是錯將尋鴦姑娘當成了尋雁，真真的該罰。」

後又有容若要查府上的名譜時，卻見娛嬤嬤說道：「我雖是管理這個的，只是那名譜每年元宵的時候，重寫一次，以舊換新。至如今老些時候的名譜，早就被丟了去，少爺倘若是真的想看，倒隨我來便是了。」

第五十三回　憐惜殘紅又斷腸　秋窗不似舊時妝

有詩云：

憐惜殘紅又斷腸，秋窗不似舊時妝。
疏影有苦誰所知？月照青蘿淚幾行！

且說容若、明惠二人隨了娸嬷嬷，方才來到一間廂房。明惠看時只見上面寫著「莫名居」三個大字，兩邊則有一副對聯乃：

寒梅傲骨身，翠竹樂仙神。

且兩邊的朱門早已凋敗不已，容若、明惠等人走近時，又見門旁皆有蛛絲兒纏綿，屋簷上面塵土埃埃。方知這莫名居乃是個不肯常來的地方。這邊眾人走進屋子看時，又見屋中皆被數間獨立的架幾案包圍，案幾之上的紙硯也不知是何時留下的。後見明惠問時，卻有娸嬷說是這屋子雖是不像往常那樣，一年也只打掃一次，平日裡多不肯來，姑娘也莫見怪，這也是按照府上的規矩辦事，誰也不敢多做主張。

這邊容若見狀，不是甚解，便問道：「房子內可有些陳年舊賬？」娸嬷嬷道：「哪裡敢瞞，多是些玳萱那姑娘舊時的賬目冊子，和府上新來一些丫鬟的名字，如今雖是多保管好，

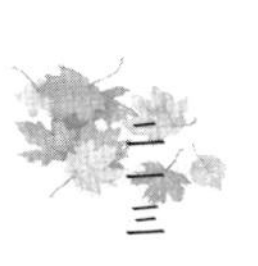

倒也多被折的不成樣子。」只見娸嬤嬤一邊說著，一邊朝屋內幾案走去，後又幾時，方才見娸嬤嬤將府上的名譜遞了過來。容若看時，卻是每個閣子內配有的丫鬟名字，只見第一頁上寫道：

馨覺苑內，乃冬梅、雁葉、蕞兒、翠兒、袁嬤嬤；逸雨樓內，乃春鶯、雪菁、蘧兒、馨兒、籲嬤嬤；芙蓉閣內，乃子衿、雨萱、墜兒、紅兒、郢嬤嬤；怡磬苑內，乃綺夢、冷玥、鳶兒、鴦兒、瑛嬤嬤；蒖廂苑內，乃芷蕊、桃紅、盼兒、柳兒、殆嬤嬤、娸嬤嬤；這邊另又有熙嬤嬤、榛嬤嬤、藾嬤嬤、秦嬤嬤、薰兒、孱頭、算盤，蕙兒、蘭兒、尋鴦、玳月、蔦秋、妙齡、寒雨、苑菱、聽蓮、脂陌、碧雁、初姚、婉兒、惜兒、芸兒、莫兒、伴兒、詩雙、文梅、朦依、憶柳、思菱、釵月、貸真、貸假、曉蓉、曉月、裴菲、苓香、雪櫻、慕青、襲文、妤枕、冷玲、琉璃、及閆夫人、祗夫人、霏姑娘等人。

誰知這時，恰有芷蕊傳過話來，說是雨萱從芙蓉閣那旁趕了過來，這會兒正急著找少爺呢，如今見雨萱急急忙忙的樣子，問什麼也不說，倒不知是發生了什麼事情，只是在前院的屋子裡頭等著少爺過去。

容若又翻了幾頁名普，見多是一些不曾曉得的嬤嬤、丫鬟及府廝的名字，方才隨了芷蕊朝前院走去，娸嬤嬤則將屋門緊縮後，也隨了明惠一塊，朝前院走來。這邊容若見了雨萱，問起時，方才見雨萱說是府上的一丫鬟送來一副圖畫，如今那丫鬟倒也不知是哪個閣子裡的，只是將圖送給了子衿後，便離開了，後有子衿細問時，早已不見了蹤影，恐怕也是咱們府上的人，對府上如此的熟悉。只等多會了，問問各自閣子內的嬤嬤便知了，且那丫鬟長得甚是標誌：

細腰雪膚，肢體透香，肩若削成腰若約素，肌若凝脂氣若幽蘭。嬌媚無骨入豔三分。微步若呈皓腕於輕紗，風髻露鬢，淡掃娥眉眼含春，皮膚細潤如溫玉柔光若膩，唇萼嬌豔若滴，腮邊兩縷發絲隨風輕柔拂面憑添幾分誘人的風情，身披翠水薄煙紗，更是柔媚百態。

容若這邊問道：「是為何畫。」雨萱道：「是一副玉女惜香圖，且上面還題有詩詞，子衿已經將那畫給收藏在了閣內，正等著少爺回去，多做細看呢。」容若聽罷，倒是越想越覺得蹊蹺，後又想起那讒頭的話時，方才有一絲的眉目，這才匆匆忙忙告了辭，離開蒝廂苑，明惠因不曉得實情，又不知何故，也跟著容若隨了去。

只見容若回到芙蓉閣後，方有子衿將那畫拿了出來，容若看時，卻見那玉女：

身穿藍色的翠煙衫，散花水霧綠草百褶裙，外罩淡藍色的翠水薄煙紗，肩若削成腰若約素，肌若凝脂氣若幽蘭。眸含春水清波流盼，頭上倭墮髻斜插一根鏤空金簪，綴著點點紫玉，流蘇灑在青絲上。正所謂是：香嬌玉嫩秀靨豔比花嬌，指如削蔥根口如含朱丹，一顰一笑動人心魂。其旁則早有已題好的詩詞乃：

娉婷玉女露香肩，嫵媚含情勝比仙。

嫩背青圖何所意，引來靈鳥更惜憐。

第五十四回　容若尋玉女香圖　明惠道細微端故

有詞曰：

風也涼，雨也涼，空夜獨留莫守床，此處正茫茫。
人也傷，夢也傷，空把多情付斷腸，秋雨莫盈窗。

容若看罷，也不曉得這畫中的含意，又細看時，卻見圖的下面寫有蕁妍二字，私下裡回想，也沒有在名譜上見到蕁妍二字，後又問時，卻見子衿說那丫鬟雖是看著面善，也不知是那個閣子裡的，只是將這畫和一紙條送來，便離了去，說是一位姑娘送來的，想必少爺看了，定會真曉。只見子衿說著，又將送來的紙條拿了出來，容若看時，卻見上面寫著：

過眼皆空虛入眸，南堂夢演青衣樓。

這邊，容若看罷紙條，方才知曉是青衣離開府時，托人留下的。只因那日容若去怡磬苑時，見青衣的刺繡曲線圓滑、針跡整齊、繡面平服、且無一墨蹟汙跡，甚是喜歡，便讓青衣以「戲臺」為題，繡上一幅「南堂夢演情依圖」，取其「過眼皆空虛入眸，南堂夢演情依樓」之意，也好妄作留念之故。誰知青衣因走的匆忙，只是留下了一副玉女惜香圖，作為他日之留念。後有容若遺了子衿找時，早已沒了那丫鬟的蹤影。

越二日，忽有幹頭傳過話來，說是侗府的侗畜雖是那日將未識賣到了他處，只是那未識因不堪淩辱，後便在匪子窩裡自尋了，玳善故作不知，反強逼莊萱作為自個的小妾，那莊萱雖說是春風樓裡的名角，後被玳善強入府中，卻也是個有骨氣的角兒，只是一時不從，反給玳善鬧了起來，還將花瓶砸到了玳善的頭上，那玳善倒是氣怒，竟一失手，將莊萱給打死了。只是那玳善仗著自個的勢力，給春風樓掌勢的王瑰婆賠了些銀兩，也就過去了。

誰知這事兒卻被侗畜知曉了，更是有氣無處散，如今算來也是自個賠了夫人又折兵，愣是去玳府，找玳善論理。只是那玳善怎會理他，攆他不走，後竟和府廝們動手打了起來，再說那侗畜也不是他玳府府廝的對手，硬是拿雞蛋去碰石頭，結果被打成了重傷，腿也折斷了，如今已是殘廢人一個。容若聽罷更是惱火，侗畜是個怎樣的人，自個心裡也清楚，青衣一事雖是隻字未提，倒見玳善這般的仗勢欺人，更是難忍。這邊聽罷，直直朝屋外走去。

雨萱見狀，則匆忙勸說道：「少爺息怒，那玳府也不是個好惹的主，如今玳善出來仗勢欺人，想必這背後的主兒，也不是一般。再說了侗畜的為人少爺也是知道的，只是這個時候去了玳府，也沒個證據，吃些官子案，定會無功而返。時下倒不如先派人去侗府、春風樓等處找些證據，再作打算，倒也不急於一時。」

容若聽罷，雖是有些道理，倒又難於解心頭之氣，只是將這事吩咐了雨萱去做。雨萱則是一邊將平日裡比較忠實的幹頭、孱頭、算盤等人遣來，另一邊則是去玳萱那裡，細說端詳。

只見幹頭、孱頭、算盤等人辭去後數刻，方才見雨萱朝萇廂苑那旁走去。這邊容若一時難解心頭悶氣，又因青衣不在府上，便去逸雨樓，尋明惠去了。明惠見了容若雖是有些驚訝，見容若心尖兒惱火，也不知所故，只讓春鶯端來一些茶果，後方才說道：「今個怎就想起來我這逸雨樓了，那玉女惜香圖可有解的出。」容若道：「想必那丫鬟只是隨青衣來的，如今不見蹤影定有緣故。」

明惠又問何故，容若則說道：「還不是那玳府的玳善，仗勢欺人，如今倒是鬧到了自個的頭上。」明惠這才明曉原來是為玳府一事，正惱火在心。只見明惠說道：「原來容哥是為玳善一事而來，雖是昨個的時候也有聽說，只因大家心裡也都明白，明人不做暗事，玳善是個怎樣的人，想必到時候自然也就知曉了，倒也不必這會兒惱火。」

容若一聽，也覺得不無道理，這邊又細問明惠這些日子忙於何故，卻見明惠說道：「這幾日正忙著趕些新衣裳，俗話說『冬時的衣裳，新嫁妝』，如今這冬天馬上就要到了，把舊時的一些衣服被褥拿出來洗洗，順便再做幾件新衣服，一來練練手藝，解解悶，二來則是為憶柳多做新裳。」

第五十五回 多情關月月亦傷 瘦盡燈花又一長

有詞曰：

夢回樓庭斷人腸，獨孤也裡誰來嘗。醉也憂傷、醒也憂傷，古今萬事淚流光。

多情關月月亦傷，瘦盡燈花又一長。說亦無妨、哭亦無妨，風花雪月夢一場。

這邊容若聽罷，只問何為「冬時的衣裳，新嫁妝」，如今又多說得憶柳的新妝。明惠解釋道：「還不是前些日子，憶柳來府上的時候，見了我一眼，後便私下裡邀我去倧府上做客，說是到時候只管多做些新的衣裳，用得著。如今我也不知所故，只是先準備幾件衣服，後便去倧府上請安。」

原來那日倧老太太過壽辰時，憶柳隨明府回禮，因見明惠甚是乖巧、聰明，又長得標誌，便私下跟倧老太太多說了幾句，誰知那倧老太太聽了，還真來勁，硬是讓憶柳請明惠來府上做客，一來多做細看，二來則是為選妃之事上心。憶柳聽罷，也不敢多說，只是順了倧老太太的意思。後便私下裡讓青竹那丫鬟給明惠道了個明白，只是讓明惠先做準備，多做幾件新妝，等冬時來了，再做打算。

明惠聽罷，雖是沒有拒絕，只是讓青竹回話，說是自個乃平常人家，有何得見到過世面，到時候只是多給倧老太太請請安，說說話而已，倒是選嬪之事，也沒想過，只怕自個再丟了場子，更是讓人見笑了，也不是沒有這個理兒，後方才見青竹回了話。只是明惠不曾知道，這倧府的倧老太太乃與皇家世有故交，那皇帝見了老太太，還得尊稱一句姑奶，更何況是他人，如今之事，那個見了還會多說幾句閒話。

這邊容若聽罷方才知曉，只說那倧府不去也罷。明惠說道：「容哥哥可有所不知，憶柳雖說是咱府上的，倒是老太太對咱們也不薄，平日裡吃穿用度也多有照顧，如今更是有交情，他日裡，夫人還說別的地方不去，倒是倧府那兒，多去轉轉，陪老太太和憶柳多說說話，解解悶，等日後了，真有用處時，也不顯得唐突。」且說容若，雖是平日裡見不慣那些仗勢欺凌之人，只是那倧府比不得家裡，這才說道：「你若覺得好，你去便是了，反正我是不去，什麼倧老太太、倧二爺的，看見心煩。」明惠一聽，也真真較上勁，只坐在案旁，不再吭聲。

容若見狀，又說道：「好妹妹，你可別生氣，我那是逗你玩的，如今那倧府，誰人不知是個官兒地，去多了，少不得會引起他人的注意，多說閒話，倒還不如待在府內這般的清閒。」明惠則側了側身子說道：「你若不去誰也不多強求，改天了也少來我這閣內，省得倒時候來多了，再讓人多說幾句閒話。」容若則更是安慰道：「好妹妹，多會了我讓墜兒給你多做些新妝便是了。」後又欲說時，卻見春鶯在門旁傳過話來，說是雨萱來了。容若看時，只見雨萱已經匆匆忙忙來到了屋旁，雪菁見狀，便端來一杯泡茶，雨萱則推謝道：「這會兒正趕得急，謝過姑娘的一片好意。」

這邊又見雨萱說道：「如今從莀廂苑那兒聽說，昨個青衣隨侗母從守靈堂回來時，在半道兒，被人劫了去，夫人那邊也是半信半疑，讓玳萱隨府上的府廝出去找了，雖是這一時半會還不好說，恐怕這次是凶多吉少了。」容若問道：「又是聽誰人胡撰的」，雨萱道：「回少爺的話，不是誰人胡撰的，只是是府上的算盤說的，那日隨了榛嬷嬷、蕙兒、蘭兒和府上的幾位府廝，前去清規坡那兒去取些比較珍稀的藥材。

誰知在回來的半路上，恰巧碰到了青衣、侗母、姣菡三人被那劫匪給劫了去，後雖是經過幾番折磨，也沒能將青衣等人給救出來，這會兒榛嬷嬷、蕙兒、蘭兒也沒回府，只是讓算盤回來傳話。夫人那邊聽說，一邊遣來閻夫人去拜見孫侍郎，另一邊則是讓玳萱遣了府上的人正趕清規坡那旁，說是這匪子是吃了熊心豹子膽，竟在光天化日之下亂劫群民，那還有得王法可言。」

容若、明惠聽罷，甚是驚訝，一邊吩咐雨萱此事不得外處多說，另一邊則是前去莀廂苑，細道端為。

第五十六回　臥看殘月上窗紗　門前風景雨來佳

有詞曰：

風起雲蕭兩鬢華，臥看殘月上窗紗。豆蔻連梢煎熟水，莫分茶。

枕上詩書閑處好，門前風景雨來佳，終日向人多醞藉，木犀花。

這邊且說容若、明惠等人前去萇廂苑時，唯有柳兒隨了玳萱的話，說是近些日子多亂，還望少爺在府上多做放心，只是今日之事比不得往昔，如今也算是新賬舊賬一塊算，倒時候只等著那綁匪吃些官子案了。容若後又問時，方才知曉玳萱、閆夫人、平夫人等人皆去了清規坡，夫人那邊這會兒也不在府上，只是讓少爺別再添亂。

容若聽後，雖是猶怒未識，後又欲說時，卻見孱頭傳過話來，說是內務侍郎荀倖文攜了禦旨前來巡見，這會兒正等著眾者前去拜見。眾人不解，只因這府上羅母、玳萱、平夫人多不在府上，明珠也因前日會友，至今尚未歸來，一時間府上掌勢的倒沒幾個，唯有盼兒將昔日的祗夫人請了來，臨時主持事務，這邊容若、明惠及其他丫鬟們也都匆匆忙忙朝前廳走去。

卻說那荀倖文見祗夫人、容若、明惠、霏姑娘、琉璃等人到齊後，方才將那禦旨遣了出來，眾人跪拜，這邊則念了那聖文，只說是史部尚書明珠因與前朝叛將周魏傑有一迸勾當，今等

將明珠先擱職，等日後了再細說端委。後又見祇夫人問時，卻有荀倖文說道如今之事，皇帝自會定酌，倒說明尚書與那周魏傑真有一迸勾當，自個也不相信，只是這皇宮內，群官如民，亂口如麻，倘若不好好酌自一番，給群臣一個交代，恐難以樹立群威。

這邊又安慰祇夫人，給明珠傳話說，還讓明珠在府上多做修養，到時候自會還明尚書清白的。說罷便遣了那幾位府廝，一同隨轎子去了。容若見荀倖文離開後，方才罵道：「鬼奴才，還虧他日裡真把你當成自家的朋友，如今只會替著他人來陷害忠良，有本事，你自個多主持公道。」明惠則安慰道：「容哥哥還是少說幾句，那巡撫的剛走，你這邊把人罵了起來，只怕回頭再讓他人給聽了去，咱們更是吃不了兜著走，到時候只怕是有一百個理兒，也沒得用處了。」祇夫人、霏姑娘聽罷，也勸說起來，俗話說「平日不做虧心事，何怕閻王叫三更」，更掏心兒的說，大家心知肚明罷了。

只見祇夫人一邊遣了眾人散去，另一邊則吩咐孱頭前去尋的老爺來，好讓老爺心裡有個準備。孱頭聽罷，這才告了退。誰知二日便見明珠匆忙趕了回來，後便直直尋了祇夫人，祇夫人這才將事情的端委給明珠道了個明白，只是明珠聽罷，雖是盛怒，卻不知從何說起，這邊又問玳萱、羅母等人時，方才知曉青衣已被那匪子給綁了去，如今玳萱、閏夫人、平夫人多隨到了他處，這會兒也沒得消息。

明珠這才明曉是為玳府從中做算，雖是早被他人給陷了去，卻也連累了青衣，這邊又吩咐祗夫人多去清規坡那旁尋的玳萱等人，免得再遭了那玳府的道，祗夫人隨了明珠的吩咐，遣了幾位府廝前去清規坡。雖是那祗夫人隨了明珠，只是這幾日也不見得府廝前來報信，透漏風聲，方知恐怕已是凶多吉少了。

越二日，方才有府廝傳來話，說是清規坡那旁未見得玳萱、平夫人等人，雖是覺得有些奇怪，倒也不知何故，便在那旁邊走了幾遭，仍是未見半個人影，只是那個地方多是個絕壁，前不著跟後不著店的，這才隨了回來，方等另作打算。

且說這邊，原自那日明惠回了憶柳的話，近日又因青竹催的匆忙，不知何故，這便隨了春鶯等人做的幾件新妝，去了倧府試問情況。憶柳見了明惠，直直妹妹兒般的叫了起來，明惠雖是稍有不適應，倒也隨了倧府的規矩，叫起姐姐來。只因明惠去時那會，倧老太太剛剛睡下，也不方便去打擾，便先將明惠安排到一間房內，多做休息。這邊又令倧府的丫鬟們先後端來怪味腰果、蜂蜜花生、蜜餞紅果、蜜餞海棠、蜜餞紅棗、及怪味大扁、翠玉豆糕、金糕卷、蓮子糕等物。

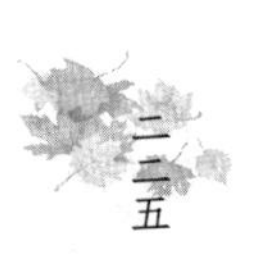

第五十七回　醉入黃昏愁斷腸　看盡過客紅顏妝

有詞曰：

酒一觴，醉入黃昏愁斷腸。這一生孤獨，看盡了過客紅顏妝。

月依牆，映出銅鏡兩鬢霜，歎此世今生，誰與我遲暮共錦鄉。

這邊明惠謝過後，又有憶柳遣了丫鬟、嬷嬷們，自個則多和明惠說些閒話，只等老太太醒來了，讓丫鬟們來鳳仙閣這邊傳話，丫鬟們聽罷，方才離了去。這邊且說憶柳雖原日乃明府上的姑娘，只因出閣的早，倒也未曾見過明惠，今個因見明惠體態多為虛弱，咳嗽連連，似弱柳扶風那般，便問道：「姑娘近日可曾安好？」明惠說道：「只因府上近來多些事端，又在早年的時候，烙下過病根子，近日雖有些著涼，只是覺得身子有些不適。」憶柳聽罷，直直吩咐丫鬟取來些藥丸，這邊又問姑娘平日裡可曾用些什麼藥作為引子。明惠則說那有引子，也只是熬些補氣回血的藥材便是了。

二者幾番閒話後，方才見一丫鬟拿來幾副藥丸子，明惠這邊直直推辭，憶柳則說道：「姑娘莫多客氣，權當在自個的家中，且這些藥乃是嬪妃們常用的藥，平日裡也不曾尋得來，那日裡老太太做壽的時候，見容若多有感冒著涼，便讓春竹給容若送去了幾服，甚是管用。」

明惠聽罷，私下裡尋思，如今見憶柳一番好意也不枉拒絕，又因這會正傷風上頭，便隨了憶柳的意思。

後幾時，天色已稍晚，方才有春竹傳過話來，說是老太太已經醒了，這邊正急著找姑娘呢，憶柳聽罷這才隨了明惠等人一塊朝正嫦樓走去。且說倧老太太見了明惠，雖是喜歡，又見明惠多有咳嗽，又多做憐惜，只問姑娘可曾喝些藥沒，這些日子天氣冷，平日裡多防範些，明惠聽罷則一一應答。只見憶柳、倧老太、明惠等人正閒聊時，忽有一丫鬟傳過話來，說是夫人在那邊準備了晚飯，今個天色已晚，先讓明姑娘在府上吃過晚飯，留在府內住上幾日，後了，便商量些要緊的事。憶柳、倧老太只說甚好，唯有明惠雖是一再推辭，後因執意不過，便從了眾人的意思，只在府上留上幾日。

這邊，憶柳遣了春竹等幾位嬤嬤前去明府，先給府上說個理兒，後便見眾人辭去正嫦樓，朝馨膳堂走去。未幾刻，便有眾人早在馨膳堂等候，那眾人見了老太太，先是請了安，後便見倧老太說道：「這個乃是明府的明姑娘，按理說也是憶柳的遠方表妹，你們就按隨禮的來，管叫明妹妹。」眾夫人聽罷，那有敢不隨從的，只說甚好，眾者又見明惠長得甚是標誌，直直一個勁兒誇姑娘，明惠則多是些感謝的話語。這邊，倧老太太入座後，方才有眾位夫人相繼入座，後有老太太說道：「如今明惠乃憶柳的表妹，今個更是客，就隨了憶柳的位置。」

明惠謝過老太太後，方才有憶柳將明惠引到其旁的一位置上，明惠再三謝過後，方才引

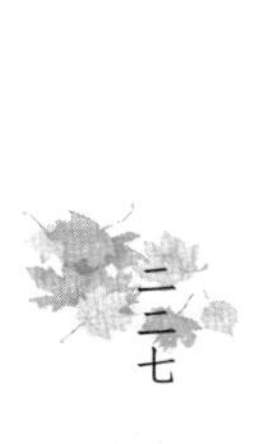

座。這邊憶柳則從倧老太那邊介紹道：「這個是倧府家老夫人，王貴妃的二姨媽」，明惠起身拜見道：「姨媽好」，倧老夫人則回道：「姑娘好，趕快坐下，大家都是自個人，不必這麼客氣」，明惠這才入了座，後又見憶柳介紹道：「這個乃後宮楊嬪妃的母親李思」，明惠起身道：「楊伯母好」，李思則回道「姑娘好」後有幾番誇讚的話語，方有明惠入座。

這邊又有管理財務賬目的李夫人及雨珍姑娘、管理藥材的孫夫人、李夫人及王府的秦三姐、蔣忠等人，明惠一一拜見後，方才有憶柳引了眾人開始用膳。明惠看時。只見：

前菜八品乃：喜鵲登梅、蝴蝶暇卷、薑汁魚片、五香仔鴿、糖醋荷藕、泡綠菜花、辣白菜卷、鳳入竹林。後菜五品乃：白扒廣肚、菊花裡脊、山珍刺五加、清炸鵪鶉、紅燒赤貝。雖是明惠在府上吃喝用度，如今見倧府更是一絕。只見眾人食下稍三分之一時，又有幾位嬤嬤前來撤去，數位丫鬟們則端來禦菜四品乃：月中丹桂、舌戰群儒、清湯雪耳、鹿羧水鴨。

後又見丫鬟們隨上攢盒一品乃：龍鳳描金攢盒龍盤柱。四糖甜果乃：糖蓮子、糖冬瓜，糖菊餅，糖椰角。食畢，又有丫鬟們前來拂塵，漱盂等。且這期間起訴寂靜，曾不問有一咳之聲，後又膳湯一品乃：龍井竹蓀。

第五十八回　百年世事三更夢　萬里乾坤一局棋

有詞曰：

揉破黃金萬點明，剪成碧玉葉卷層。風度精神如彥輔，太鮮明。

梅蕊重重何俗甚，丁香千結苦粗生。熏透愁人千里夢，卻無情。

且說那日眾人吃過飯後，又幾番閒聊，方才離去。這邊明惠、�兒則是隨了憶柳與老太太同住一排房內，倧老太則在東上房，明惠、藼兒二人則在西側一廂房處，且與憶柳相隔甚近。這邊明惠隨了憶柳剛走到西側的房屋時，方有幾位丫鬟跟了過來，明惠抬頭看時，只見房屋的梁壁兩側皆為碩大的燈籠相罩，其上乃一赤金色鳳龍青地大匾，匾上寫著三個大字乃榮壽樓，後則幾個行小字，雖是某年某月某日造，卻與那東側廂房相乎稱，旁邊兩側為一副前皇時候的題詞，乃：

百年世事三更夢，萬里乾坤一局棋。

這邊，只見憶柳將明惠引入屋時，又見房子的四角立著白玉柱子，四周的牆壁皆為銀白色玉石磚砌築而成，黃色雕成的蘭花則在房屋的中央正妖豔的綻放著，青色的紗簾也隨風舞動著。床的兩側有幾個台磯石案，案上則多是些碧玉透亮的花囊，且上面雕刻著各色各樣的

圖案。只見憶柳說道：「這房子原日裡乃府上倧二哥倧壽的房，只因倧壽一心只想著煉丹升佛的事，後便出家，如今算來也有十來年的光景，雖說這房子也就空了下來，老太太那邊又甚是惋惜，平日裡多讓丫鬟們打掃乾淨，省的到時候多落灰塵。姑娘若不嫌棄，就暫時在這府上住上幾日，也好老太太那邊多做打算。」

明惠謝過憶柳後，說道：「只是不知究為何事」，憶柳道：「雖因前些日子回府之時，見了姑娘一眼，長得更是標誌，老太太見了也甚是喜歡，如今那皇宮裡倒是缺些嬪妃，想必老太太多是為這事兒上心。」明惠聽罷則勸說了起來，只說是自個平日裡也不曾出過府，更沒去過皇宮，如今怎又得選嬪之事。憶柳這邊安慰道：「姑娘暫且放心，倒時候只管隨了姑娘的意思。」憶柳說罷，又遣了剛才來的幾位丫鬟，說是凡事多聽明姑娘的安排，在府上需要什麼的，儘管給丫鬟說便是了，明惠謝過後，方才有憶柳辭去。

這邊且說明惠、藼兒二人走近石案那旁時，忽見一幅壁畫，真真壓在花囊之下，後取出細看時，只見上面畫著一個女子，且這女子外披淺藍色的輕紗，裡著淡粉紅蓮，內裝映出白肌透亮的肌膚，略顯嫵媚。水紅色的披肩，上繡花紋。淡白色的玉帶，繞在腰間，紮起的髮結，流出了兩條自然垂下的細帶，且神情淡然，舉止輕盈，纖塵不染，宛如五湖仙子。紅藍相映，顯得莊嚴華麗，亦有女王風範。讓人望而卻步、頂禮膜拜。這邊又有一手支頤，美妙的眼睛微微下垂，正在那旁沉思。其旁又有各式不一的台磯，擺在面前。台磯上則是一張玲瓏的琴桌，琴桌的兩旁乃色彩豔麗的花瓶，花瓶裡，插幾枝尚未全開的臘梅。

明惠看罷，雖是不解，卻有那方欣喜，蘧兒因見明惠那方的欣喜，也不知所故，後便問了起來，明惠則說是這畫中有畫，如今還是隨和的好，他日裡在怡磬苑內倒是見青衣繡的畫，真真那般的活人，今個見了這畫，也算是見分曉了。這邊蘧兒則是遣了幾位丫鬟，端來一盆溫水，自個又端來一杯早已泡好的竹茶，說是姑娘忙了一天，今個早點休息。明惠這才將畫放了回去，洗漱完畢後，又喝了幾服憶柳拿來的藥後，方才睡下。蘧兒則是外屋睡下，那丫鬟們見明惠、蘧兒睡下後，方才熄了燈，關上門，離了去，後又幾時，方有幾位府廝在屋外輪換守夜。

誰知二日一早便有春竹前來傳話，只說憶柳讓姑娘晚些時候去他那旁多做打算，老太太又吩咐說是姑娘在府上權當是自個的家，有什麼需要的儘管說，明惠謝過後，又見幾位丫鬟端來一些茶飯，後方才見春竹辭了去。

這邊明惠洗漱完畢，又吃過早飯，方才隨了春竹那丫鬟一塊朝榮甯樓走去。

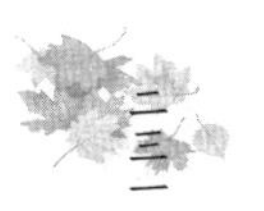

第五十九回 時節薄寒人病酒 何處脈蕭情微留

有詞曰：

枕函香，花徑漏。依約相逢，絮語黃昏後。
時節薄寒人病酒，鏟地梨花，徹夜東風瘦。
掩銀屏，垂翠袖。何處吹簫，脈脈情微逗。
腸斷月明紅豆蔻，月似當時，人似當時否？

這邊卻見明惠剛出榮壽樓未走幾步，忽覺心頭一陣方痛，宛如刀割那般，蘧兒見狀，也不知何故，直直扶住了明惠，後方才見明惠說道：「今個怎就覺得心裡面疙瘩瘩的」，蘧兒問時，明惠則說自個也不知是什麼原因，只是覺得心裡一股冷流流過，似有什麼事情要發生那般。這邊又問蘧兒今個是什麼日子，蘧兒則回道：「今個乃戊子月，己卯日，冬月十九。」

誰知下午便有明珠、羅母等人前來拜見悰府，這邊也有雪菁傳過話來，說是昨個見內服侍郎傳過話來，說是咱府上的與那周府有通叛之故，要滿門抄家，這會兒府上的人正忙著拿些東西，亂走呢，姑娘這會兒又怎麼在悰府。

明惠聽罷雖是未信，這便匆忙朝那旁去了，蘧兒見狀也問道：「他日來倧府的時候還見府上好端端的，今個怎就亂了起來。」雪菁回道：「丫頭可有所不知，那宮中的府臣多，今個這一句，明個那一句的，還止不住要鬧出什麼來，如今這抄家以來，那還有的說，只怕到時候能走的都走光了，只等著看倧府這邊能不能格外開恩，理出個人情來。」

原來自明惠來倧府後二日，方有內服侍郎傳來話說，如今事情皆已查清，那周府的周魏傑原為前朝叛臣，又見明府關係甚近，難免讓人產生生疑。明珠雖有苦衷卻不知從何說起，雖說自個是冤枉的，只是那倖文如何聽得進，按照旨意辦事便是了。未久，便見那消息傳了遍，府上的丫鬟們、嬤嬤聽了也都慌了神。雖是他日裡多見玳萱等人，甚是服從，不敢有半句吭聲，如今也不見蹤影，唯有府上的祗夫人強撐場面，讓姑娘、丫鬟們多做安心，只是有那個真的願意離開明府的，也不強求，雖是奉幾兩銀子，也好有個落腳的地方錢。倘若願意留下的，也不會虧待的，雖是這會兒不說，等日後了，這份恩情也不會虧待。

那丫鬟們聽罷，已走一少半，唯有幾時在閣子裡面服侍的幾位嬤嬤、丫鬟，因日子長，動了舊情，直直跟著府上的人，那兒也不去。祗夫人雖是嘴上沒得說，倒是心裡兒也明白，只是那容若見了這般慘景，甚是感傷，整日躺在榻上，不多說幾句話。雨萱、子衿等人見狀，雖是心疼，也不知說些什麼，且一日三飯，多由子衿端到屋內，也未有容若多看幾眼，只是讓子衿熱了又熱。

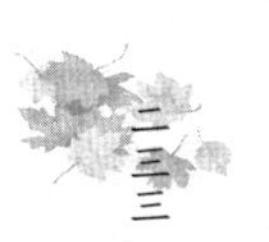

這邊雨萱則是硬打起精神，強逗容若開心，說是自個前些日子路過閣香園的時候，見墜兒跟幾位丫鬟在假山那旁戲玩，誰知剛走過時，忽聞的幾聲癩蛤蟆的聲音，直直嚇得墜兒不知所措，因見了我，方才說是我故意嬉弄他的，後見我說是癩蛤蟆的時候，倒也不信，只說今個早已入了秋，如今又何得有癩蛤蟆的叫聲，恐多半是我在嬉弄人。誰知他的話剛落，真有一隻癩蛤蟆從他的腳下跳了出來，倒是把大夥給嚇了一大跳。墜兒則在一旁，恰恰聽到了雨萱的話聲，這便走了過來，說是那時在假山那旁逗留了半天也沒見過蛤蟆、蟈蟈什麼的，只是忽見雨萱走了過來，方才發出了聲音，誰知竟著了那癩蛤蟆的道，還把自個嚇了一大跳。

容若聽罷，這才換了換身子，說道：「他要是早知道有癩蛤蟆藏在他的腳下，恐怕早就嚇得跑走了，那會輪到你這會兒說他。」雨萱則回道：「少爺說得真真是，只是那墜兒雖說是我故意嬉弄出的聲響，卻與那真的癩蛤蟆相差甚遠。」後又與容若幾句閒聊，方才有容若從榻上跳了下來。簡單吃了些膳食，便出了閣。雨萱問時，只見容若說是去書房那旁靜靜心，養養性子，省的到時候再鬧出個事端來。

後見雨萱相隨時，卻被容若遣了回來，說是如今書堂那邊也很少去，書房這邊也沒得來，今個趕好出來散散心，等到時候再隨得來，被遣去便是了。

第六十回　此夜唯獨夢紅樓　天上人間一樣愁

有詞曰：

晚妝欲罷，更把纖眉臨鏡畫。准待分明，和雨和煙兩不勝。

莫教星替，守取團圓終必遂。此夜紅樓，天上人間一樣愁。

且說這日容若隨了那書房，又見此景這般的淒涼，倒是自個先傷心了起來，如今青衣、玳萱等人也沒有消息，恐怕定是凶多吉少了，只是唯有一不解，乃是如何著了那匪子的道，平日裡雖是未曾多做過虧心事，反是被匪子給劫了去。只見容若正在尋思著，忽聞一書童前來傳話，說是老爺回來了，容若這便起身走出時，已有明珠隨到了屋門旁，容若見狀，方才問道：「竟為何故？」明珠這邊也不多吭聲，只說雖是隨了那倧老太太的場子，恐怕也難有前景了，時下唯有一方計謀，方可保全家中敗景。

容若問道：「何計謀。」明珠道：「冬月月末乃是會期考試，倘若到時候真的逢個榜眼、探花什麼的，得了一官半職，那還有的閒話說，一來是自個考出來的，憑的是自己的真憑實力，這二來想必那皇帝也不糊塗，他倘若真的要把咱府打壓下去，勢必會讓那些小人得逞，如今之事，乃為公眾均衡勢力，這規矩不能打破。」容若聽罷，也覺得有道理，便隨了明珠

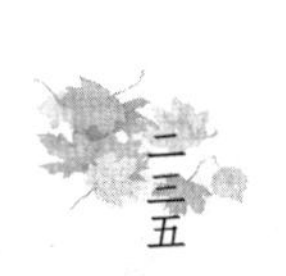

的意思，只等冬月月末之時前去會期考試。

這邊倧老太太聽聞了明府的家事，直直遣了憶柳，又遣來幾輛馬車，朝宮中去了。誰知皇帝見了倧老太甚是驚奇，便將身旁的他人都遣了去，唯有荀停文留與其旁，只見新帝請了安後，方才問道是為何故，倧老太太則說道：「你是著了誰的迷藥，竟這般的糊塗，非要抄了他明珠的家不可。」那皇帝聽罷，只說道：「非已所故，如何又說得了明府的家事。」倧老太回道：「那明府家的你又不是不知道，與咱們有世交之情，如今僅憑那狂口直言，非要抄了他明府家，一來到時候，倘若真的如你所說，倒還好些，真真是被冤屈的，誰還來保咱們，二來這朝中之事，我雖是不多做顧問，只是還請皇帝斟酌三思。」

那皇帝聽罷，只說暫時先緩些日子，等過得了元宵之後，方才素說。誰知那倧老太的話剛說完，便有一丫鬟從後宮傳來話，說是隨了老太后的吩咐讓老太太去後宮多留片刻。那倧老太這才隨了丫鬟，直直朝後宮走去，後見布衣問時，方才說是為了明府的家事而來，只因這倧老太是布衣的姑媽，自小二人關係甚好，他日裡也曾幫過布衣不少的忙，布衣等人見了方才敬畏三分。只見那日布衣、倧老太二人敘說舊情已為昏後，便讓倧老太留在了宮中。

這邊只見容若寢食難安，吃過晚飯後，又在書房待了片刻，因天氣冷，便早早回府上休息了。子衿因見容若勞累，便端來早已備好的暖熱鹿茸補藥湯，容若喝罷後，又見子衿打來一盆熱水，雨萱則是親暖錦褥、鋪排完畢，摘下金鉤，方才恭請容若入賬安睡。雨萱二人見容若睡下後，方才辭去。

誰知容若因喝了那鹿茸補藥湯，半夜裡睡來隻覺身子發熱，朦朦朧朧中只覺有青衣來到跟前說道：「容哥哥最近可還好些。」容若見了青衣只問：「妹妹近日都去了那裡，也不曾見到過。」青衣道：「容哥可還記得當日送我的那句『過眼皆空虛入眸，南堂夢演情依樓』。如今我正大大的在那青衣樓內，還望多時了來這樓裡多作細看。」只見容若欲說時，那青衣隨其一陣風落，朝屋外飛去。容若走過去時，雖是沒了蹤影，卻見翠竹那旁似有一人影，心想定是青衣，便匆忙趕了過去，後看時，方才知曉是明惠。

容若問道：「如今這麼冷的天，怎見得妹妹一個人獨自在這翠竹裡面。」明惠道：「容哥哥可真是貴人多忘事，還記得當日裡的『莫把瓊花比淡妝，誰似白霓裳。別樣清幽，自然風格，莫進東隅牆。冰肌玉骨與天齊，兼付與淒涼。可憐遙夜，冷煙如月，疏影滿橫窗。』如今那倧老太為保府上平安，真真要把我送到宮中，做了嬪妃，倘若容哥可還記得我，只等到時候，多來宮多看看我便是了。」容若道：「妹妹可是何時去的了宮中，倒也不曾聽聞過。」

後又欲說時，卻被一瘋癲和尚和癩頭和尚遣了去，說道：「你這蠢物，可曾看盡了人間的紅塵，嘗盡了辛酸苦辣，如今你的劫數已滿，還不快隨了老衲一起去府子那旁辦案。」

這時，容若只覺得身子晃晃乎已不聽了使喚，雖是跟了那瘋癲和尚一塊去了，這才說道如今還有些事端尚未訴說，只等一時半刻可否，那和尚聽了，也不吭聲，後見容若回頭時，唯有明珠、羅母、玳萱等人在其旁直直地呼喊，卻也不曾聞的一聲半咳，只是見愈走愈遠，後忽現眼前一亮，乃是一數丈有餘的石柱，其旁寫道「羊山公下」四個大字，上面則另有：

籍甚他鄉，深慮代遠，皆已湮沒無聞。唯有昔日，吟罷石頭城下水，述遍天下風流事。方才留有一氏族表系譜，尤為後人知其來，而謂之去。亦不過失其禮節，報本追思其源，使人信使，僅此而已。

容若看罷，甚是眼熟，像是在那裡見過倒也想不起來，只是覺得心頭一悶，咳嗽了起來，後竟嘔吐了大量血跡來……

後記／浮生

是一個梅花盛開的春季，我在自己的個性簽名上寫下這麼一句話：平凡的人，過著很平凡的日子，做著不平凡的事情。友人說等你的這部著作等了整整三年，終於等到了今天，我淡然一笑。

寫完《林楓歎》的時候，已是寒冬。這年的雪要比之前的早來許多，望著白茫茫的大地，突然覺得世間沉寂了許多。

當我閣下筆，許下最後一個心願的時候，又是一年的冬季，天氣依舊是蕭條別離般的淒涼，願山河之靜美，盛世之長寧。

多年前曾那麼的喜歡一首詩：

你見，或者不見我
我就在那裡　不悲不喜
你念，或者不念我
情就在那裡　不來不去
你愛，或者不愛我

愛就在那裡 不增不減
你跟，或者不跟我
我的手就在你的手裡 不捨不棄
來我的懷裡
或者 讓我住進你的心裡
默然 相愛
寂寞 歡喜

是啊，愛上一個人也許就在一霎那間，可忘記一個人卻需要一生的時間。

也還記得上次寫下的那句話「來時來，去時去。終須有，莫需求！」該來的最終會到來的，該離去的終究也會離去。人的一生終究會有屬於自己的東西，所以莫需要強求些什麼。

人生如浮萍，聚散兩茫茫。此去經年，更是萬里白蓬山。熟讀了《紅樓夢》後，方才知曉「浮生著甚苦奔忙？盛席華筵終散場。悲喜千般同幻渺，古今一夢盡荒唐。漫言紅袖啼痕重，更有情癡抱恨長。字字看來皆是血，十年辛苦不尋常。」的心酸，之後喜歡上了「遠富近貧，以禮相交天下少；疏親慢友，因財而散世間多。」的淡泊明志。

從此便開始嚮往那種「山明水秀之地，別致優雅庭院，執一則閒情雅淡之書，呼新鮮芬芳之氣。不問世間朝代之變更，不管人間人情之冷暖。與天同壽，與地無疆！」的生活。

這期間也才讀過周汝昌先生的一些文集，看過劉心武先生的講壇。頗於心志，廖於心得，方才在文中把人物的命運早已安排，作為結局。

也才使薫荔（婚離）的命運早有定局，正應了那句「回眸一笑百媚生，身如巧燕嫣嬌濃。清風輕搖拂玉袖，白玉斜曳顯金蓬。」（金蓬是尼姑的代稱，這為薫荔日後的命運埋下伏筆。）

青衣的命運也早已安排，正是應了那句「過眼皆空虛入眸，南堂夢演情依樓」。後有青衣去了青衣樓裡，潦倒此生。

而明慧的「莫把瓊花比淡妝，誰似白霓裳。別樣清幽，自然風格，莫進東隅牆。冰肌玉骨與天齊，兼付與淒涼。可憐遙夜，冷煙如月，疏影滿橫窗。」更是為莫進東府，選為嬪妃埋下伏筆。

未識由於未曾曉識侗嗇的廬山真面目，才把自己的命運白白葬掉，正所謂「寒嬌玥，金百池，放得東菱猶未識。」

後更有雨萱、侗母（霍楠）、明府的結局，早有靈道仙姑在夢境中道出實情……

附錄一　紅樓夢新解之作者身世之謎

後附兩篇多年來，對紅樓夢的一些研究，取其《紅樓夢新解》，僅個人的一些看法而已。

其一紅樓夢新解之作者身世之謎

三十年前的事情見書於三十年後，如今看來字字皆是心血淚的《紅樓夢》又為何說作者另有其人呢？

《紅樓夢》開篇第一回便是作者自述，作者自稱石頭，詳述成書過程，作者寫出《石頭記》原稿，經三人之手，幾易其名，從最初的《石頭記》變成吳玉峰的《紅樓夢》，到孔梅溪的《風月寶鑒》，再到曹雪芹的《金陵十二釵》。但這些改動的書名，最終被點評者脂硯齋全部否定，恢復作者原稿的名字《石頭記》，並以80回本《石頭記》面世。

自述將編輯改作原稿成書的過程交待得很清楚，作者是石頭、吳玉峰、孔梅溪，曹雪芹是編輯，脂硯齋最後拍板。但卻沒有交待清楚原稿作者石頭是何方人氏？是已故之人還是健在的人？

從石頭能夠寫出成書過程來看，石頭應當健在；但健在的石頭為何任憑編輯改動自傳，而冷眼旁觀，默不作聲呢？從這點看，石頭又像是已故之人，既然故去，如何自述？這種自相矛盾的寫法，使得後人為誰是石頭而爭論不休。

能寫出成書過程的作者，應當是健在的人，胡適先生根據脂批認為曹雪芹是作者是有一定道理的，但與曹雪芹關係密切的《石頭記》脂硯齋又說作者是三十年前人，彼時曹雪芹只有15歲。而且自述也清楚地說，作者是石頭，曹雪芹只是將《石頭記》改成《金陵十二釵》的三個編輯中的一個，據此蔡元培先生又質疑胡適先生的「曹氏作者」說。總之自述中的欲言又止，隱晦朦朧的寫法，讓「石頭是誰？」，成了百年之謎。因此解開石頭的存在與否，是解開作者之迷的關健。

如果作者石頭是虛構的，那麼紅樓夢的作者應是能寫出自述的最後那位編輯：曹雪芹。

但如果作者石頭確有其人，且在成書之前離世，那麼開篇第一回自述中的成書過程，當是曹雪芹披閱十載之後增加或改寫的，曹雪芹在自述中聲明自已不是作者，只是說明成書過程，點明作者另有其人，但又不能透露作者的任何資訊，暫且就以《石頭記》主人翁石頭來稱呼作者了。那麼曹雪芹為什麼要大費周章地布下如此迷陣呢？

一個偶然的機遇，臨桂燕懷堂王姓氏後人發現作者石頭確有其人，此人的經歷與石頭十分相似，他與曹雪芹的祖父曹寅私交甚篤，他的女兒脂硯齋就是《石頭記》的批註者，與曹雪芹關係密切且共同編輯《石頭記》。但由於歷史的特殊原因，他不得已「詐死」求生，隱居著書。這個人物的出現，揭開了作者石頭之謎。

一、何焯（義門先生）其人

義門先生何焯，字屺瞻，晚號茶仙，生於清世祖順治十八年。性穎異，讀書數行並下。康熙四十一年（西元一七〇二年）冬，聖祖南巡駐涿州，巡撫李光地應旨以焯薦，召直南書房。明年，賜舉人，又賜進士，改翰林院庶起士，仍直南書房。奉命侍讀皇八子府，兼武英殿纂修官，丁內外艱歸。又十年，複以光地薦，授編修。明年，以飛語收系，盡籍其邸中書以進。帝覽之曰：「是固讀書種子也，而其中曾無失職觖望語」。又見其草稿有辭吳縣令饋金，益異之，乃盡還其書，罪止解官，仍參書局。卒，贈侍講學士，賜金存恤其孤。焯為學長於考訂，論文與方苞異趣。其所居名賚硯齋，多蓄宋元舊槧，參稽互證，丹黃稠疊，評校之書，名重一時。有義門讀書記六卷，《清史列傳》傳於世。

康熙五十四年，何焯因受皇八子與皇四子爭奪儲君戰的牽連，被捕入獄，丟官抄家，不久獲釋。康熙五十七年返鄉隱居，康熙六十一年，何焯弟子對外宣稱，62歲的何焯「不幸病逝」。然，坊間不時有何焯「尚健在」的傳聞

何元時，雍正七年出生，乾隆18年癸酉年，以江蘇太倉籍參加鄉試，順天榜舉人。乾隆37年，以「元」姓，「時」名，「元時」，出任華陽知縣，41年任簡州牧，據《倉州志・人物》記載：何元時八袞能文方是健，一生積德不為貧。老先生卒於嘉慶二十一年，時八十有七。

二、義門先生與《紅樓夢》

「南直召禍」，是義門先生的「滑鐵盧」，是何焯及其家人的心頭之痛，其發生於康熙朝諸子肆謀奪位的大背景之下。儲君之位，康熙先是立皇后所生的皇次子胤礽為太子，後因不滿意而廢太子，廢太子後，眾皇子覬覦皇位，矛盾更加尖銳。康熙晚年，太子之位空缺，康熙便下旨，讓大臣選太子，但是大臣們按照「選賢」的規則選出的皇八子，並不符合康熙的意思，於是康熙言而無信出爾反爾，遷怒於皇八子及皇八子的親信。

康熙六十一年，義門先生看到雍正繼位已成定局，更知雍正冷若冰霜心狠手辣，不會放過對手八皇子及其所倚重的大臣，萬般無奈之中，只好選擇「欺君」，隱居自保。

「詐死」之後的何焯，以他的學問與才華、以他的經驗與閱歷、以他的性格與修養，在那樣一個與過往隔絕十九年的隱居生活中，最有可能做什麼事情呢？——顯然是讀書與寫書。那麼與此有關的文字記載在哪裡呢？

答案就在《紅樓夢》及其有關的批註點評文獻中。

臨桂燕懷堂王氏所藏《紅樓夢抉隱》這樣說：

紀事之書（唐按：記事言政之書）盈箧滿架，《紅樓》獨矯其常，蓋一於含蓄也。寶玉元配本屬黛玉，寶釵起而謀奪之，賈母遂背黛而娶釵，於是黛玉守節死矣，寶玉不忍黛玉守節死，亦守義而亡。卒之守節義者得會合於天仙福地，肆謀奪者長嫠泣於怨雨淒風，而且家道日見陵夷，禍患因而疊至。賈母一事乖謬，百戾隨之，以全福全壽之人，卒不得全受以歸，

《書》所謂從逆凶者非歟？然韜其意於字裡行間，不使讀者一眼窺破，遂成天下古今有一無二之書。

《紅樓夢抉隱》更進一步地說道：茲臚舉以質天下善讀《紅樓》之人：太君（皇上），無信之人也。寶玉親事（儲君之位），既許黛玉（太子），複遷異於寶琴（十四阿哥）；既改寶釵（四阿哥），複遊移於傅試（趨炎附勢者）之妹，婚（言）可賴，盟可背，人而無信，莫此為甚！古無信史，故氏太君以史。

《紅樓夢》中不僅有康雍王朝權利爭奪的大背景的記載，也有義門先生個人經歷的記載：

《紅樓夢》脂評甲戌本第一回寫甄士隱家被燒。原文是這樣寫的：「不想這日三月十五，葫蘆廟炸供，那些和尚不小心，致使油鍋火逸，便燒著窗紙。此方人家多，用竹籬木壁者多，大抵也因劫數，於是接二連三牽五掛四。將一條街燒得如火焰山一般。」在「接二連三牽五掛四」這句話上，脂硯齋有段眉批：「寫出南直召禍之實病」。

所謂：「南直召禍」，是指何焯受康熙之召到京入直南書房為皇八子之師，不幸引來入獄和抄家之禍。書中所謂「那些小和尚不小心，致使油鍋火逸……，於是接二連三牽五掛四，將一條街燒得如火焰山一般」，其實是隱寫皇八子及其黨羽謀取皇位事機不密，東窗事發，致使諸多官員接二連三受到牽累的一段史實。

同樣第一回中寫英蓮，在「有命無運，累及爹娘」八個字上，脂硯齋又有一段眉批：「八個字屈死多少英雄，屈死多少忠臣孝子，屈死多少仁人志士，屈死多少詞客騷人！……」何焯系獄主要是因為他在返鄉丁父憂期間，將自己的幼女留在八皇子家托養，為皇四子所參奏，加之何焯回鄉守制期間，曾四處活動，為八皇子拉攏官員穿針引線，此事也被年羹堯密奏康熙，引起康熙的反感與震怒。龍顏大怒的康熙一面將皇八子怒斥一通，一面將何焯關進大獄，一大批與皇八子、何焯關係親密的官員受到罷免和牽連。何焯眾多有才華的門生弟子從此失去進身之階。正是有感於此，脂硯才會在「有命無運，累及爹娘」八個字下寫出這樣沉痛的長段批語。

可見紅樓夢作者對脂硯齋的身世是清楚的，所以會這樣寫；脂硯齋做為「南直召禍」的當事人之一，對隱情是瞭解的，所以才會這樣批。南直之禍直接導致了何家的家道衰落，導致了脂硯齋的身遭離亂。

甲戌本第十三回在一日倘或樂極悲生，若應了那句「樹倒猢猻散的俗語」一句上，脂硯批道：「樹倒猢猻散之語，今猶在耳，屈指三十五年矣，傷哉，寧不慟殺！」有人認為「樹倒猢猻散」這句話是曹寅的口頭禪，其實不對，由甲戌（1754年）上推35年，時在康熙五十八年（1719年），曹寅早已去世，不可能再說此話。說這句話的主人是誰？他正是脂硯的父親何焯。

何焯是康熙五十四年系獄丟官，不久獲釋，約在康熙五十七年前後返鄉隱居，在何焯系獄期間，其蘇州老家曾被抄家，何焯去職返鄉後，看到紅極一時的何府已是七零八落，一片蕭條的景象，發出「樹倒猢猻散」的感歎，事在情理之中，此時的脂硯是唯一能慰藉何焯受傷心靈的掌上明珠，脂硯能清晰地記住其父生前反復念叨的這句口頭禪，並在批書時發出悲歎也就合情合理了。

在甲戌本十三回，針對鳳姐治理甯國府「五病」，有這樣一條脂批：「舊族後輩，受此五病者頗多，余家更甚。三十年前事，見書於三十年後，令余悲慟，血淚盈面。」可知脂硯三十年前生活在望族家庭，後遭變故。按甲戌年為1754年（乾隆十九年），前推三十年為1724年（雍正二年），雍正二年曹家尚未被抄家，因此脂批中的「余家更甚」，顯然不是指曹家，而是指脂硯自己家中的一段「樹倒猢猻散」的往事。

「脂硯齋」與何焯居所「齎硯齋」，僅聲母之差，「脂」、「齎」，韻母相同，再據脂硯齋「今而後惟願造化主再出一芹一脂」的感慨，可見脂硯齋是女性，經歷過「南直召禍」的脂硯齋，當是何焯先生的幼女。

《紅樓夢》中有這麼多與何焯有關的線索，那麼《紅樓夢》的作者是誰呢？

三、考證《紅樓夢》的作者

1.《紅樓夢》是傳記體，非虛構：

紅樓夢第一回寫到「至若離合悲歡，興衰際遇，則又追蹤躡跡，不敢稍加穿鑿」，明確了紅樓夢是傳記而非虛構的小說。石頭說：「我半世親睹親聞的這幾個女子，雖不敢說強似前代書中所有之人，但事蹟原委，亦可以消愁破悶，也有幾首歪詩熟話，可以噴飯供酒。至若離合悲歡，興衰際遇，則又追蹤躡跡，不敢稍加穿鑿，徒為供人之目而反失其真傳者。」點明《紅樓夢》為傳記，內容屬實。

2.《紅樓夢》成書過程：

空空道人因空見色，由色生情，傳情入色，自色悟空，遂易名為情僧，改《石頭記》為《情僧錄》。至吳玉峰題曰《紅樓夢》。東魯孔梅溪則題曰《風月寶鑒》。後因曹雪芹於悼紅軒中披閱十載，增刪五次，纂成目錄，分出章回，則題曰《金陵十二釵》。與傳記有關的五個人，石頭，空空道人（情僧）、吳玉峰、東魯孔梅溪、悼紅軒曹雪芹。曹雪芹系披閱增刪者，並沒有說曹雪芹是作者。

在這五個人中，對曹雪芹的介紹最多，之後還記下他所題的一首五絕：滿紙荒唐言，一把辛酸淚！都云作者癡，誰解其中味？顯然，曹雪芹對《紅樓夢》有很深刻的理解，但並非作者。

3.文字獄盛行，《紅樓夢》的作者不敢署真名：

在滿清康雍乾時期，統治者對漢人防範嚴密，文字獄極為酷烈，一旦查出有文字犯忌，

動輒施用極刑。像1755年的胡中藻詩案。胡中藻寫有「一把心腸論濁清」、「斯文欲被蠻」等詩句，便被斬首示眾，同他相唱和的鄂昌雖是滿人，也因為在詩中模仿漢人的口吻稱蒙古人為「胡兒」，被乾隆斥為「喪心之尤」，勒令自盡。

有個叫徐述夔的人寫了一本小說《五色石》，署名「筆煉閣主人」，他寫《八洞天》時，又化名「五色石主人」。看來，徐氏願意讓人們知道這兩本書都是出自一人之手，但無論如何，不會把「徐述夔」三個字寫上去的。即使如此，當乾隆查出徐述夔在署名的詩中寫有「明朝期振翮，一舉去清都」時，就認定徐述夔企圖「興明朝，去本朝」，是為大逆不道。是時徐已經去世多年，乾隆竟下令剖棺戮屍，銼骨揚灰。

4.《紅樓夢》通篇都有犯忌的文字，作者無意留下真名：

作者藉石頭口：……竟不如我半世親睹親聞的這幾個女子……至若離合悲歡，興衰際遇，則又追蹤躡跡，不敢稍加穿鑿，徒為供人之目而反失其真傳者。作者一方面強調要將真事隱去，用假語村言；另一方面又強調這些事情是他半世親睹親聞，絕不穿鑿失真。可見，作者確實有欲言難言的隱事隱情，準備用曲折隱晦的筆法演繹出來。事實也正是如此，書中使用了大量的諧音、拆字、燈謎、讖詩等手法，含蓄地向我們展示了很多資訊，有的可解，有的至今也沒搞清楚。

在這樣的情況下，如果作者說出自己的真名，他的這番心思豈不白費了？官府只需拿著原書對照作者的身世，就可以定罪捉拿了。

5.從《紅樓夢》寫作時間看作者：

乾隆二十五年（1760年），脂硯齋庚辰眉批：讀五件事未完，余不禁失聲大哭，三十年前作書人在何處耶？

乾隆庚辰的三十年前，是雍正七年，這一年脂硯齋的父親義門先生，在隱姓埋名七年之後，得子何元時。老來得子為義門先生隱姓埋名的生活增添了喜悅，生命有了傳承的義門先生將更多的時間精力用於寫作紅樓夢。

顯然脂硯提到的這個作書人，不會是1744年（時雪芹29歲）～1754年在悼紅軒中披閱增刪十年的曹雪芹，30年前的曹雪芹只有15歲，再者，能讓脂硯失聲大哭的做書人，明顯是已經離世的親人。

因此《紅樓夢》的寫作時間，應當在雍正七年以前就開始了。那時經歷過「南直召禍」的成年人，除了脂硯（23歲），就是義門先生了。

根據以上五點可以看出，與傳記有關的五個人名中，石頭」空空道人（情僧），是一個作者不同的筆名；吳玉峰、孔梅溪、曹雪芹這三位是編輯整理者，而前兩位，改了書名就消失了。三個書名，吳玉峰《紅樓夢》、孔梅溪《風月寶鑒》、曹雪芹的是《金陵十二釵》，三個書名的常用程度是遞減的，但有關三人的資訊卻是遞增的，吳玉峰前面什麼也沒有，孔

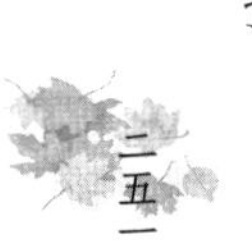

梅溪多了個東魯，曹雪芹不但有悼紅軒，還說他如何批閱增刪，外加一首絕句。如此看來，《石頭記》的原稿是石頭完成的，然後交由三位整理編輯。但作者是「石頭」，不是曹雪芹、孔梅溪、吳玉峰中任何的一位。

脂硯齋是在1754年（甲戌）開始點評的，很顯然她與作者石頭關係密切，硯臺與石頭原本一家，而且因為相同的原因，必須「將真氏隱去」，從始至終，她像作者石頭一樣，不敢露出自已真實的姓名。

綜上所述，作者石頭不是別人，他正是曹雪芹的紅顏知己脂硯齋的父親何義門先生。

四、義門先生是《紅樓夢》的作者石頭

《紅樓夢》作者必具備的七大要素：

1.作者經歷了順康雍乾嘉五朝，不僅熟悉明末清初的傳奇典故，也熟悉乾嘉年代的用詞時尚，具備這一條件的，是以義門先生為首，父女（何焯脂硯），情侶（一芹一脂），姐弟（脂硯元時）聯手的紅樓夢創作團隊。

2.康雍乾年間的文學巨匠——義門先生通經、史、子、集四部，儒、道、陰陽、法、名、墨、縱橫、雜、農等九流，一直到雜說小學的文字學，並都探索考證，分辨真偽，嚴密疏通源流，且各有題記。且治學嚴謹，學盡所用，一言九鼎，堪稱一代國學大師，其子元時得父真傳，德才兼備八衮能文方是健，一生積德不為貧。

3.熟悉滿清皇室生活的漢人—漢臣義門先於康熙四十一年(1702),入直南書房,為康熙皇帝第八個兒子允禩的老師,兼宮廷纂修,這期間,何焯自由進出皇宮,不僅與皇八子允禩福晉福晉(郭絡羅氏)關係密切,康熙其他兒子也因需要校對古籍(比如皇四子允禛,曾要求何焯校勘注解南宋學者王應麟的《困學紀聞》),何焯不得不光顧他們的府邸。

4.有廣泛的社會交往——義門先生並不滿足於死讀書讀死書的案頭工作,隨著校勘鑒別的廣泛、藏書的增加,何焯自覺知識的淺陋,遂走出家門,四處拜師深造。聽說蘇州吳縣有個叫邵彌的書畫家,就去吳縣求教;聽說京城有位來自福建安溪的李光地是一位著名學者,便趕去京城,拜他為師。晚年辭官返鄉途中,攜幼女脂硯探古訪友,藉詩抒懷,《紅樓夢》中薛寶琴的十首懷古詩,就是這段歷史的寫照。

5.隱姓埋名的生活經歷——義門父女,「真氏隱,真事隱」。

6.極具女人緣——義門先生,隱姓埋名之後,身邊仍有敢冒欺君之罪,生死相伴的年輕女子,何元時的生母。

7.後代考取功名,蘭桂齊芳——何焯之子元時於乾隆十八年中舉。

再讀《紅樓夢》。不難發現處處都有何焯的氣息和影子,《紅樓夢》不是一個人的作品,而是脂硯齋的父親何焯主筆,父女情侶姐弟聯合創作的巨著,其中只有曹雪芹留下了名字,其餘的包括脂硯齋都不能公開自己的真名。

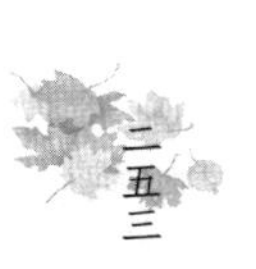

石頭，齎硯齋（何焯藏書房），脂硯齋，畸笏叟，曹家西園，臨桂王家（何焯曾孫女夫家）西園，……一系列的巧合隱含著一個極大的秘密：康熙末年62歲的何焯為避禍詐死，之後將一生所見所聞親歷親為，寫成《石頭記》（《紅樓夢》的前身），後四十回由元時姐弟繼寫。

紅樓夢作者大事年表

1707年丁亥 康熙46年 何焯返鄉丁父憂，周歲幼女脂硯留皇八子允禩府撫養。

1715年 乙未 54年 「南直召禍」，脂硯寄養允禩府被告發，何焯入獄，居所齎硯齋被抄，曹雪芹出生。

1716年 丙申 55年 何焯獲釋，免官，留武英殿。

1717年 丁酉 56年 何焯父女滯留京城。

1718年 戊戌 57年 何焯告病假攜脂硯離京南歸。

1719年 己亥 58年 何焯父女回到家鄉看到何府敗落景象發出「樹倒猢猻散之語」。

1720年 庚子 59年 擁戴允禎的勢力更加強大，何焯帶脂硯訪古探友，作詩抒懷，向鄉親道歉：「無以報恩鱸鄉竹」。

1721年 辛丑 60年 醞釀隱姓埋名。

1722年 壬寅 61年 何焯將財產分送族人之後「病逝」，康熙聞其死訊下詔，復其原官，賞賜金錢，令地方從優撫恤家人。

1723年 癸卯 雍正元年 皇四子允禎打敗所有對手，繼承皇位，年號「雍正」。

1724年 甲辰2年 何府敗落，有著八年皇室生活經歷的孤女脂硯隱居曹府。三十年後，脂硯淚批「血淚盈面，余家更甚」。

1725年 乙巳3年 曹雪芹10歲。

1726年 丙午4年 脂硯20歲，雪芹11歲。

1727年 丁未5年 曹家被抄，雪芹12歲，脂硯齋21歲。

1728年 戊申6年 脂硯隨曹家輾轉江南。

1729年 己酉7年 何元時出生，是年何焯69歲。脂硯齋二十三歲，曹雪芹十四歲。

1730年 庚戌8年 何焯寫作的《石頭記》已具雛型。三十年後脂硯點評時想到父親「失聲大哭，作書人今何在耶?」

1730年～1740年 何焯繼續寫作，脂硯雪芹隱居北京。

1741年 辛酉 乾隆6年 何焯逝，時81歲，12歲的元時攜何焯《石頭記》遺稿，投奔北京姐姐。

1744年 甲子9年 丁父憂三年滿，吳玉峰、孔梅溪、曹雪芹開始披閱增刪《石頭記》時，何元時15歲，曹雪芹29歲，脂硯齋38歲。

1745～1753年 曹雪芹繼續批閱《石頭記》，三易書名。脂硯長姐如母，照顧元時，激勵元時發憤書。

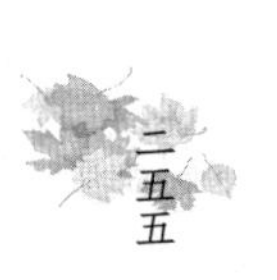

附錄二 紅樓夢新解之後三十回之謎

其二紅樓夢新解之後三十回之謎

三十年前的事情見書於三十年後，如今看來字字皆是心血淚的《紅樓夢》又為何說作者生前曾寫完過這部巨著呢？

（一）從成書時間上進行分析：作者生前有足夠的時間去完成這部巨著。

1、在甲戌本《石頭記》第一回的回前，有這樣一首詩：浮生著甚苦奔忙，盛席華宴終散場。悲喜千般如幻渺，古今一夢盡荒唐。漫言紅袖啼痕重，更有情癡抱恨長。字字看來皆是血，十年辛苦不尋常。由這首回前詩中得知，作者為了揭示他那如夢如幻的經歷，至甲戌年，已抱恨啼血，歷經十載了。

2、甲戌本《石頭記》第一回中，有如下一段原文：……後經曹雪芹於悼紅軒中披閱十載，增刪五次、纂出目錄、分出章回…… 這段原文同樣揭示出，到甲戌年（即乾隆十九年）作者著書已經十載，並且增刪過五次了。

由上述兩點可證，到乾隆十九年，作者著書已然經過了十年。在這十年中，不僅纂出了目錄，分出了章回，而且還增刪了五次。試想，假如作者未將全書寫完，怎麼竟肯用去十年時間，沒完沒了，反反覆覆，僅對半部書進行增刪呢？古今中外有哪位作家是如此進行創作的？作者在書中寫出的「披閱十載，增刪五次」不恰是揭示了《紅樓夢》一書的成書過程嗎？「披閱十載，增刪五次」所反映的，應該是對一部作品進行再加工的過程。這點應該引起讀者的注意。

作者於乾隆二十七年謝世，自乾隆十九年到乾隆二十七年，幾乎又是一個十年。在這八九年中，作者有足夠的時間再寫出八十回並增刪五次。事實上，作者不僅沒再寫出八十回，就連四十回也沒寫。這難道不值得深思嗎？──由此看來，作者生前有足夠的時間去完成這部作品。然面他卻不再接著八十回繼續往下寫，竟為何故？這是因為自乾隆十九年到乾隆二十七年之間，作者之所以沒接著八十回小說往下寫，是因為甲戌年定稿的《脂硯齋甲戌重抄再評石頭記》，已是此書之全璧了。其成書過程約略如下：

作者在乾隆九年前，已有《風月寶鑒》一書。此書尚未分出章回，自然亦未纂出目錄，只是用小說形式記錄了作者與香玉之間的悲歡離合。乾隆九年，曹家第二次被抄，香玉自盡，天佑逃禪……待這場風波過去後，作者便立志用一部小說隱寫一部香玉傳。於是便在《風月寶鑒》一書的基礎之上，開始進行增補。先是分出章回，纂出目錄，將其增補成一部一百一十回的章回小說取名《紅樓夢》。借助這部小說，利用寫書奇法、秘法，將一部完整的香玉傳隱入其中。書成後，作者發現：這部完整的小說已將隱寫在其中的歷史全部湮沒了。看完這樣的小說之後，讀者不會去追究書中隱沒隱著什麼，更不會關心作者寫書時使用

了怎樣的奇法秘法。鑒於這種情況，作者便採取了斷然措施—毅然將後三十回刪去，再將被刪去的那部分小六的內容及隱寫在那部分小說的歷史，以增設小說人物及故事情節的手段，增入前八十回書中。

與此同時，作者又在前八十回書中加入了大量詩詞曲賦、燈謎額對。這些詩詞曲賦、燈謎額對，或暗透出被隱寫在小說中的歷史人物的命運，或預示著書中小說人物的歸宿。為了誘導讀者識破書中隱衷，作者與他的合作者，利用給此書加批的形式，在八十回小說中加入了大量批語。這些批語的作用是—悄悄揭示出作者的寫書奇法、秘法；暗透一些與作者有關的史料；透露一些八十回之後的小說梗概；當作者將史實隱埋得太深時，便利用批語作出揭示；當作者將某事寫得過露時，便利用批語作此致遮飾。到乾隆十九年，經過了不尋常的辛苦勞頓，進行了五次增刪修改，終於完成了這部巨著。這就是《脂硯齋甲戌重抄再評石頭記》。乾隆十九年之後，主要是在八十回《石頭記》中增加批語，正文已不再作大的變動了。這便是《石頭記》僅有八十回原因之所在。

（二）從史料與脂批分析中，同樣可以證明作者曾寫完過《紅樓夢》。

1、蒙族人三多（三六橋多）曾經收藏過一個一百一十回手抄本《紅樓夢》。其後三十回的情節中有—（1）史湘雲和賈寶玉結了婚。（2）寶釵死於難產。（3）探春遠嫁番王。（4）妙玉墮落於風塵。（5）王熙鳳被休棄。（6）寶玉後來入獄。（7）小紅和賈芸結了婚，還到獄中去看寶玉。提供三多本一百一十回《紅樓夢》傳聞之人，是張琦翔先生。下面是中醫學院周篤文先生訪問張琦翔先生的記錄摘要：……經過幾番奔走聯繫，我終於在十月八日見到消息的提供人張琦翔先生。說明來意以後，張先生沉思起來，然後感歎地說：「那是三十年前往事了。」1942 年冬，當時他還是北大文學系學生。在一次讀書報告會上，他作了一個關於《紅樓夢》的位址、作者及版本的報告，負責指導讀書會的日本籍哲學教授兒玉達童也在座。

會後兒玉達童對他說：日本三六橋有百十回本《紅樓夢》，後面的內容與通行本不同。然後，兒玉邊講邊寫，以彌補他漢語會話能力之不足。在「寶玉」二字下，他寫了「狴犴」二字，又寫了「小紅探監」四字。在「小紅」旁邊寫了「與賈芸結婚」等字。說到寶釵時，他寫了「難產而卒」四字。在「寶玉」下面又寫了「與史湘雲結婚」。講到探春時，他寫了「遠嫁杏元和番」六字。在「妙玉」下寫了「流落風塵」。在「王熙鳳」下寫了「休棄」等字樣。張先生說：「兒玉提到的三六橋本，給我的印象很深。當時把該讀書報告發表時，在版本部分，提到了『三六橋本』的名字。」此報告刊登於 1943 年《北大文學》第一輯。（摘自周汝昌先生著《紅樓夢新證》1985 年版第九章附錄）

2、端木本《紅樓夢》八十回後，與「三多本」大致相同。褚德彝跋幽篁圖（傳抄本）：宣統元年，余客京師，在端陶齋方處，見《紅樓夢》手抄本，與近世印本頗不同。敘湘雲與寶玉有染，及碧痕同浴處，多褻語。八十回以後黛玉逝去，寶釵完婚情節亦同，以後甚不相

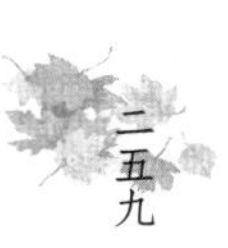

類矣。寶玉完婚後家計日落，流蕩益甚；逾年寶釵以娩難亡，寶玉更放縱，至貧不能自存。欲謀為拜堂阿，以年長格於例，至充拔什庫以糊口。

適湘雲新寡窮無所歸，遂以寶玉膠續。時蔣玉菡已脫樂籍，擁鉅資，在外城設質庫，寶玉屢往稱貸，旋不滿，欲使鋪兵往哄，為襲人所斥而罷。一日大雪，市井酒羊胛，與湘雲痛飲賦詩，強為歡樂。適九門提督經其地，以失儀為從者所執，視之蓋北靖王也，駭問顛末；嘅然念舊，（貝周）贈有加。越日送入鑾儀衛充雲麾使，訖潦倒以終雲。其大略如此。滄桑之後，不知此本尚在人間否？癸亥六月褚德彝。（摘自周汝昌著《紅樓夢新證》1985年版第九章）

3、啟功先生所提供下述《紅樓夢》異本，八十回後之情節，與「端方本」頗似：畫家關松房先生云：「嘗聞陳韜庵先生言其三十餘歲時曾見舊本《紅樓夢》，與今本情節殊不同。薛寶釵嫁後，以產後病死，史湘雲出嫁而寡，後與寶玉結婚。寶玉落魄為看街人，往堆子（看街人所住之小屋）中。一日，北靖王與從自街頭經過，看街人未出侍候，為僕役捉出，將加錘楚，寶玉呼辯，為北靖王所聞，識其聲為故人，因延入府中。韜翁又云：其板刻於南京。（摘自周汝昌《紅樓夢新證》1985年版第九章附錄）綜合上述三種《紅樓夢》異本，凡傳聞中所涉及到的小說人物，在八十回後的情節中完全相同。例如：（1）黛死釵嫁。（2）寶釵死於難產。（3）湘雲出嫁後寡居。（4）湘雲回嫁寶玉。上述人物之結局，與曹雪芹原本《石頭記》及脂評中暗示出的八十回後的情節相吻合。而在程高本續書中，這些人物的結局，卻與原文與脂評的暗示，大相徑庭。據此可以認為，一百一十回之《紅樓夢》，則為原著，而「程高本」續書，則為偽作。判斷其真偽的唯一標準，便是原文與脂評。綜合上述史料情況，我們得出的結論是：作者曾經寫完過《紅樓夢》，全書共一百一十回。

4、由一條脂批中披露，八十回之後曾有過三十回：……然未見後三十回，猶不見此回之妙。……（庚辰本二十一回回前批）由這條脂批得知，八十回小說之後，還有過三十回。脂批齋加此批語時，曾經寫遠的那三十回已被刪去。由這條脂批所揭示出的原書的回數，與三多本的回數恰相符合：80回+30回=110回

5、從另一條脂批中，同樣可以窺見《紅樓夢》原書，原本一百一十回：釵玉名雖兩個，人卻一身，此幻筆也。今書至三十八回時，已過三分之一有餘。故寫是回，使二人合而為一。請看黛玉逝後寶釵之文字，便知余言不謬矣。（庚辰本四十二回回前批）上述批語涉及了三個問題：

（1）自「釵玉名雖兩個，人卻一身」的批語得知，書中使用了分身法。此批語使我們領悟到，釵玉背後，隱寫著同一個歷史人物。換言之，釵玉是同一個歷史人物在小說中的不同分身。

（2）由「今書至三十八回時，已過三分之一有餘」得知，作者對全書的原設計，僅為一百一十回。因為一百一十回的三分之一是三十六點六回。那麼，書至三十八回時，自然是

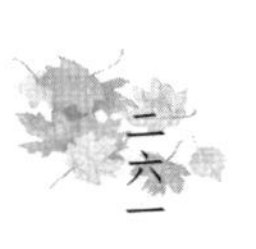

「已過三分之一有餘」了。

（3）脂硯齋在寫出上述批語時，全書已經寫完了。否則，批書人在何處看到過「黛玉逝後寶釵之文字」呢？

6、自畸笏的批語中，同樣可以看出，作者曾經寫完過《紅樓夢》——十七到十八回書中，有畸笏的下述批語：前處所引十二釵總未的確，皆係漫擬。至末回警幻情榜，方知正、副、再副、三副、四副芳諱。壬午季春畸笏。既然畸笏看到過《紅樓夢》末回之情榜，那麼《紅樓夢》自然是寫完過。否則，畸笏到何處去看「末回情榜」？由我們對上述史料的分析中得知，作者的確曾寫完過《紅樓夢》，全書共有一百一十回。

（三）作者有意只流傳八十回本《石頭記》。自第二回的一段原文及針對這段原文所加的脂批中得知，作者特意只流傳八十回本《石頭記》，八十回的那部分，是作者自己砍掉的。在第二回書中，作者寫賈雨村看到智通寺門外有副對聯。這副對聯便大有文章，它涉及了《紅樓夢》全書的奇特結構。書中是這麼寫的：這日，偶到郭外，意欲賞鑒那村野風光，忽信步至一山環水旋，茂林深竹之處，隱隱約約有座廟宇，門巷傾頹，牆垣朽敗門前有額，題著「智通寺」三字，門旁又有一副破舊的對聯曰：身後有餘忘縮手，眼前無路想回頭。雨村看了，因想到：「這兩句話，文雖淺近，其意則深。……」。

第二回在這段原文的「文雖淺近，其意則深」的之側，有脂批曰：一部書之總批。原文中對「文雖淺近，其意則深」的議論，是指「身後有餘忘縮手，眼前無路想回頭」而言。難道這麼兩句話，在脂硯齋眼裡，竟成了對洋洋百萬言之巨著《紅樓夢》全書的總批嗎？而其實對於這副對聯的深意就在於，它是對《紅樓夢》全書奇特結構作出的揭示。因此，它在脂硯齋眼裡、心裡、筆下，便成了對「一部書之總批」。我們可以試對此聯作出解釋：身後有餘忘縮手—如果全書完整無缺，讀者讀到八十回時，其後仍然有書可讀，那麼誰也不肯停頓下來，去研究書中隱沒隱著什麼。眼前無路想回頭—當讀者讀到八十回時，突然無書可讀了，此時便應該回過頭來，從前面的八十回書中去尋找答案。此時，也只有此時，隱寫著小說人物，同時也記載著歷史人物命運、歸宿的大量詩詩詞曲賦，才會被讀者反復研究。留存在前八十回書中的數千條脂硯齋的批語，才不至遭到冷落，才能發揮它揭示書中隱衷、闡釋書中秘密、披露隱寫秘法的作用。而讀者在苦苦追、反復研讀前八十回原文、脂批、詩詞謎語的過程中，不僅可以搜尋到八十回之後小說的蹤跡，更主要的是，可以挖掘出深埋在小說背後的那條歷史隱線。通過上述分析論證，我們已經清楚地認識到，《紅樓夢》一書，八十回之後本來是有路可走，有書可讀的。

但為了引逗讀者「回頭」，作者才親自動手，砍去了全書的後三十回，從而截斷了八十回之後的路。可以使人深信：《紅樓夢》曾經寫完過，那是一部一百一十回的《紅樓夢》。作者為了給隱寫在小說背後之歷史，以更多的重現機會，便犧牲了小說的完整性，親自動手，將一部完整的小說，幾乎砍去了三分之一。真可謂大刀闊斧、忍痛割愛。從而，使這部曠世

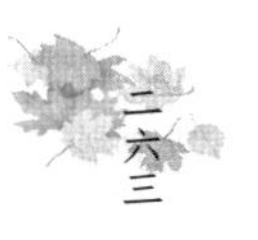

之奇書，從表面看，便永遠成了一部殘缺不全的的遺著了。

由此可見，在衡量小說與歷史孰重孰輕的天平上，作者毫不猶豫地將砝碼加在了歷史一方。在作者的心目中，這架天平將永遠是傾斜的。書中載文示意：作者對此書曾「披閱十載，增刪五次」—這其中的「增」，應該是指作者在他原有《風月寶鑒》一書的基礎之上，不僅增寫了新的內容，同時還纂出了目錄，分出了章回，將《風月寶鑒》增成一百一十回這樣一部大書。這其中之「刪」，是指作者經過一番思考之後，毅然又刪後三十回。「增」的含意，除前面提到的之外，其中還包括：作者將已被刪去的後三十回小說中所隱寫的歷史，又設法增入了前八十回中，這不僅僅包括前八十回中增加了小說人物和故事情節，同時還包括前八十回中新增加了大量詩詞、曲賦、燈謎、額對以及數千條脂批—這便是自乾隆九年到十九年這十年之中，作者對其作品進行了五次增刪的實質。

「增刪」的結果是，作者利用對表面看來殘缺不全的八十回小說，深埋進一部完整無缺的香玉傳。為了將經過五次增刪的「八十回本」小產與曾經流傳於世的「一百一十回本」小說相區別，脂硯齋在甲戌年重抄再評此書時，便使用了《石頭記》的書名。

那麼「一百二十回」程高本之所以取名為《紅樓夢》，是因為當時社會上流傳過比「八十回《石頭記》」更為完整的小說，其書名叫《紅樓夢》。如前面提到的三六橋多藏本一百一十回《紅樓夢》便是。因而，當程、高將「八十回本《石頭記》」增成一百二十回時，便使用了《紅樓夢》這一書名。我們可以發現兒玉達童談及的「三多本」書名叫作《紅樓夢》，有頭有尾的「端方本」亦叫《紅樓夢》，具有完整小說故事的「韜翁本」還是叫了《紅樓夢》，因而產生了上述想法。

那麼作者在的成書過程應該是這樣的：乾隆九年之前，他已寫成了《風月寶鑑》一書。書中已記入了香玉的大部分傳記，以及他們之間的悲歡離合。但曹家第二次被抄，香玉殉情自盡，雪芹第二次出家等史實，尚未載入書中。具體到故事情節，則書中尚未出現秦可卿之病、之治病、之死；尤三姐之殉情、柳湘蓮之削髮；尤二姐之自盡及並未葬入賈氏祖墳等情節。乾隆九年，曹家第二次遭巨變之後，作者在原有《風月寶鑑》一書的基礎之上，寫出了一百一十回本《紅樓夢》，這已是一部隱寫了全部香玉傳的小說了。

由於一百一十回《紅樓夢》後三十回的故事情節有些過於接近史實，這將很容易惹怒統治者，從而引火焚身。而完整的小說，又會湮沒隱寫在其背後的歷史。於是作者便砍掉了八十回後的小說，並將後三十回小說的內容及隱寫在其背後的歷史，改頭換面增入前八十回中。經過多次增刪加批，遂成帶有大量詩詞曲賦、燈謎額對及大量脂硯齋批語的《石頭記》。這便是歷史上一百一十回本《紅樓夢》與帶脂批的八十回本《石頭記》的成書過程及它們在內容、形式上的區別。我們仍回到帶脂批的八十回本《石頭記》即曹著之全璧這一問題上來。前面一段文字，權作一段小插曲。

閱至此，定會有讀者提出這樣的問題：既然你們言之鑿鑿，堅信帶脂批的八十回本《石頭記》即曹著之全璧。那麼，出現在甲戌本第一回中的下述眉批，又該作出怎樣的解釋呢？

能解者，方有辛酸之淚，哭成此書。壬午除夕，書未成，芹因淚盡而逝。余嘗哭芹，淚亦待盡。每意覓青埂峰，再問石兄，余不遇癩頭和尚何，悵悵。今而後，惟願造化主再出一芹一脂，是書何幸，余二人亦大快遂心於九泉矣。甲午八月淚筆。

對上述批語，一般的看法是—《紅樓夢》一書的本旨，不僅要為香玉寫傳，要隱罵雍正帝，要隱罵清王朝，同時還負有為作者自己寫傳的責任。這點可由第一回「萬不可因我之不肖，自護己短，一併使其泯滅也」處的一條側批作證：因可傳他，又可傳我。（蒙府本第一回脂批）批語中之「他」自然是指曹雪芹的戀人竺香玉。批語中的「我」，則是《紅樓夢》作者。

國家圖書館出版品預行編目資料

林楓歎 / 雨季作 . -- 初版 . -- 臺北市 : 博客思,
2017.05
面 ; 公分 . --（現代文學 ; 36）
ISBN 978-986-94508-2-9(平裝)

857.7 106003482

現代文學 36

林楓歎

作　　者：雨季
編　　輯：沈彥伶
美　　編：沈彥伶
封面設計：塗宇樵
出 版 者：博客思出版事業網
發　　行：博客思出版事業網
地　　址：台北市中正區重慶南路 1 段 121 號 8 樓之 14
電　　話：(02)2331-1675 或 (02)2331-1691
傳　　真：(02)2382-6225
E—MAIL：books5w@yahoo.com.tw 或 books5w@gmail.com
網路書店：http://bookstv.com.tw/　http://store.pchome.com.tw/yesbooks/
華文網路書店、三民書局
博客來網路書店 http://www.books.com.tw
總 經 銷：聯合發行股份有限公司
電　　話：(02) 2917-8022　傳 真：(02) 2915-7212
劃撥戶名：蘭臺出版社　帳號：18995335
香港代理：香港聯合零售有限公司
地　　址：香港新界大蒲汀麗路 36 號中華商務印刷大樓
C&C Building, 36,Ting, Lai, Road, Tai,Po, New,Territories
電　　話：(852)2150-2100　傳真：(852)2356-0735
總 經 銷：廈門外圖集團有限公司
地　　址：廈門市湖裡區悅華路 8 號 4 樓
電　　話：86-592-2230177　傳 真：86-592-5365089
出版日期：2017 年 5 月 初版
定　　價：新臺幣 280 元整（平裝）
ISBN：978-986-94508-2-9